朝阳南路精怪笔记

灰猫事务所

康夫 著

南海出版公司

新经典文化股份有限公司
www.readinglife.com
出　品

目录

Contents

九
月

去而复返的猫

一

猫为什么出现在我的生活里，始终是个谜。

事情发生在我失业那年，夏天尚未远去，马路上残留着灼热的气息。我和上司吵了一架，一怒之下辞掉了给电商写台本的工作。女友十分生气，二话不说就搬了出去。

她一走，我也不愿意继续住卧室，搬到了客厅窗下的沙发床上过夜。这样一来，里屋就空了出来。虽然我不喜欢和别人打交道，但考虑到失业的窘迫，还是在网站上挂出了"诚征室友"的帖子。

两三天后，一个网名叫"我是一名科学家"的人联系了我。当天下午两点钟，对方准时出现在门口。

"科学家"二十六七岁，瘦高个子娃娃脸，穿一件优衣库 T 恤、一条卡其色裤子，斜背一只很大的帆布挎包，全身上下一丝不苟，只有头发因为疏于修理显得过于茂盛。两条毛毛虫似的眉毛爬在一本正经的眼睛上方，有几分天真的固执。

他打量一圈乱糟糟的客厅，轻轻推开卧室门，伸长脖子查看一番，又掩上门退了出来。

"我非常喜欢这里，希望明天就能搬过来。"他说。

虽然征室友的帖子是我挂出去的，但我并没想到真能租出去。这里虽然地处南二环，但实际上破败不堪。楼道灯光晦暗，电梯摇晃不止，暖气时有时无，厨房正对走廊，一到吃饭的时间就飘荡着呛人的气味。这样一个地方，真不知道有什么值得"非常喜欢"的。

"房子比较旧，也没什么像样家具，你要不再考虑考虑。"我说。

"没关系，只要是高楼层并且视野开阔的房间就行。"他说。

原来他看中的是视野。虎坊桥一带属于老城限高区，这幢筒子楼是附近唯一一座高楼，天气好的时候可以看到几公里外，和他的要求算是相当契合。不过直觉告诉我，和这人合租准没好事。

"卧室两千一个月，水电均摊。"看他不怎么有钱的样子，我随口多要了五百，希望对方知难而退。

没想到他拧起两条眉毛思索片刻，坚定地点了点头："好。"

我叹了口气："高层视野好的地方很多啊。"

"市中心高层建筑虽然多，但密集程度不亚于亚马孙丛林，无论从哪个窗口望出去，总会被遮住一部分视线，真正一望无际的地方非常难得。这里正是我找了很久的适合做研究的地点。"他认真地解释。

"研究"两个字引起了我的一点儿警惕。有个热播的电视剧里讲一个化学教师在民宅偷偷制毒，不知道眼前这位"科学家"做的是哪门子研究。尽管如此，我也没有继续追问的兴致。

"有一条，不准养宠物。"我说。

"没问题，我没有宠物。"他说。

"不管是动物也好，植物也好，任何活着的生物都不准带到这里来。苔藓、水藻都不行。我不喜欢家里有需要照顾的东西。"我说。

他满口答应。既然如此，就先收下一个月房租好了，反正中途搬走的话钱是不退的。

临出门的时候，他想起什么似的转过头来："还没问你是做什么的呢。"

"自由职业，算个编剧。"我含糊地说。

"果然是艺术家！"他看着地上乱七八糟的草稿纸团，毛茸茸的眉毛往额角飞了飞，"拍电影肯定很——"

"明天下午见。"我打断了他的遐想和好奇心。

"明天下午见。"他高兴地说。

第二天下午，我照例在沙发床上宿醉，"科学家"推着四个巨大的箱子进了门。

"这一箱是书，这一箱是衣服毯子，这一箱是野外观测用的装备……"他一面介绍，一面气喘吁吁地把那些相同款式、不同颜色的箱子往卧室搬。最后一个枣红色的箱子大概不重，他一只手就拎了起来："这一箱是我的私人收藏，很不容易才——啊呀！"

扑通一声，他被玄关处没铺平整的瓷砖狠狠绊了一跤，箱子脱手飞出，砰的一声落在我面前。锁扣应声而开，整整一箱白骨散落在地。

隔夜酒立刻醒了，我噌地从床上跳起来，贴紧身后的墙壁。

"你……收藏这个？"

"别误会，这是我室友。"他摔得爬不起来，看到我脸上的表情，连忙补充，"之前的室友，现在室友是你。"

要是我枕头下面有把枪就好了。离职的时候应该把道具组的塑料枪拿回来的，我飞快地想着。目前的位置非常不利，虽然我身后就是窗户，但足有十六层楼高，跳窗逃跑断不可能。如果正面搏斗，我也没有必胜的把握。他看起来斯文瘦弱，不如我会打，但个头比我高点儿。既然他能把室友塞进箱子，想必不好对付。

我盯着他，慢慢往窗台边挪，不动声色地将窗台上一只空酒瓶抓在手里。看到他试图从地上爬起来，我立刻举起了酒瓶。不过，我还没砸下去，他就提前一秒捂住脑袋，比我还紧张地喊道："是鸟，是鸟！我是个动物学家——"

"蹲那儿！别动！"我举着瓶子，一点儿不敢大意。我飞快瞟了一眼地上的骨头，其中一块带嘴壳的头骨看起来确实像鸟。他小心翼翼地捡起另一块像烤翅的骨头，指给我看："这个地方，掌骨，中空结构，是翅膀。"

我们隔着白骨紧张对峙了一阵子，试图从对方眼神中揪出什么值得怀疑的地方，结果因为保持一个姿势时间太长，不得不偷偷活动手脚。

"你刚说你是干吗的？"

"动物学家，研究鸟类的。"他缓慢移动到另一个箱子跟前，打开锁扣，从里面拖出一张硬纸，递到我面前。是一张英文的博士学位证书。他埋头又翻出一张卡片，是皇家地理学会的成员证。这人居然真的是个鸟学家。这还没完，他接着掏出一本厚厚的装订册，认真地问："毕业论文你要看吗？"

我放下瓶子，把那两张纸还给他："不用了。"

"哦。"他接过东西，把它们塞回了箱子。

"你干吗说这是你室友？很吓人的好吗。"我把酒瓶放回原处，瞪着地上那些骨头。

"以前住宿舍的时候就是我和它一起，这是头一回和人合租。"他说。

看到我放下酒瓶，他明显松了口气，一边留心我的神情，一边飞快地把前任室友的骨头们塞回箱子，然后嗖的一声躲进了房间。

早知如此，应该把他的房租翻一倍才对。

因为一箱白骨带来的震撼效果，接下来的几天里，我对新室友的一举一动多有好奇。这人过着悄无声息的生活：每天六点半起床，静悄悄地洗漱，摸黑吃一两块切片面包，换上鞋子轻声出门，晚上七点钟准时拎一盒 7-11 便利店的盒饭出现在门口。淋浴之后他会换上一身格子睡衣裤，在卧室里待上三个钟头，然后回到客厅，在扶手椅上喝一杯热豆奶，十点半准时睡觉。这就算一天。都说最好的室友就是没有室友，从这个意义上说，我对新室友十分满意，以至于没多久就忽略了他的存在。

然后是猫的出现。

那是立秋后的一个礼拜五，八月底的样子。瓢泼大雨下了一整天，桥下积水、道路中断、汽车被淹的新闻渐次出现在社交网络上。傍晚七点，门口没有像往常一样响起钥匙开门的声音，又过了半个钟头，鸟学家仍然毫无音讯。我打算发个信息问问情况，这才想起我们根本没有对方的电话号码。

又过了一刻钟，门口传来敲门声。不是那种砰砰砰的敲门声，而是拿着什么东西腾不出手时勉强发出的敲门声。我打开房门，他浑身透湿地站在外面，手里捧着一团用外套裹起来的什么东西。

"你有多少钱？"他直截了当地问。

"两百。"我说。我有五百多，卡里还有两千块。

"我有一千，恐怕不够……能不能先借我，发了工资立刻还你。"他说。

"怎么了？"我瞟了一眼他捧着的那团东西。

他打开外套，露出一只奄奄一息的动物。它的毛发凌乱不堪，看不出颜色，只有额头上深灰色的 M 纹路清晰可见。

是个猫。

"在地铁口的水坑边捡到的，卡在栏杆缝里，搬了好久才掏出来。胳膊骨折了，得去医院。"他说。

我看了一眼那只动物，下一秒就会咽气的样子。

"这种天气，动物医院也关门了吧。"我说。

"骨头断了，不去医院恐怕不行。"他说。

"找个纸箱子放一晚，明早没死的话再送呗。"我随口说道。

他的两条眉毛顿时拧到一起，明显生气了，但他什么也没说，转身就往电梯的方向走。这样一来我也有点尴尬。

"你要不先让我给它看看？我学过一点儿急救。"
我冲着他的背影喊道。

他果然转了回来，怒气变成了天真的期待。他把
猫的一只爪子轻轻拿到外面："骨折的是右手。"

我在那只造型奇怪的前肢上按了按，猫立刻发出
嗷的一声，他赶紧把它抱了回去。

"确实骨折了。"我说。

暴雨如注，冷风从破碎的玻璃窗灌进楼道。我对
见义勇为没什么兴趣，对小动物也没有多少爱心。在
这件事情上的妥协，无非是想顺水推舟地在荒芜的生
活里抓住些什么罢了。

"走吧。"我拿上钱和雨伞，和他出了门。

不远处有一家宠物医院，只有一个值班医生还在。
鸟学家晕血，手术还没开始就率先倒地，我只好被临
时征用，在手术期间担任助理。

"你帮我递东西就行，怕血的话就不要盯着看。"
医生瞟了一眼直挺挺躺在病床上的鸟学家，"我们医院
只有一张大型犬床，你要是再晕就只能躺地上了。"

"我不怕。又不是我骨折。"我说。

手术没有持续多长时间。医生熟练地将错位的骨头恢复原位，安了两颗钢钉，然后缝合伤口，打上石膏。一切结束之后，他招呼我把瘫成一片的猫从手术台上搬下来。

"一、二、三，起——！"

我们两人深吸一口气，抓住蓝色布单的四角，把猫抬到软垫上。鸟学家悠悠醒转，见猫还活着，忙向医生道谢。

"是卡栏杆里了吧？这种情况每年都有好几起。"医生边摘口罩边问。

"经常有猫卡在栏杆里？"

"嗯。因为吃得比较多，一时大意了，就容易卡住。"医生说着，摸了摸猫圆滚滚的肚皮。

"原来是这样。"鸟学家露出笑容，也伸手摸了摸猫的肚皮。

"还得住一段时间的院，需要输液。"医生龙飞凤舞地填写住院卡，"叫什么名字？"

"徐栖，双人徐，栖息的栖。"鸟学家回答。

医生吃惊地抬起头："还这么有名有姓的？"

我咳嗽一声："问的是猫，不是你。"

"哦哦！"他恍然大悟，"还没来得及取名字呢，刚刚捡的。"

"原来是流浪猫，"医生看我们的目光柔和下来，"给它取个名字吧。"

"你是搞艺术的，你来取。"徐栖期待地看着我，"叫什么好呢？"

我瞟了一眼垫子上四仰八叉的动物："猫。"

"单名容易重。"他想了想。

重什么重，它又不用上学。

我又瞟一眼那团灰不溜秋的东西："灰猫。"

"这样就准确多了。"徐栖很赞成。

镜片后面柔和的目光消失了，医生拉长脸看了我们一眼，表情僵硬地在档案袋的姓名栏上写下"灰猫"两个字。

"观察两个小时再走。有事叫我。"医生扔下这句话，关上了休息室的门。

我们在观察室的塑料椅子上面面相觑，房间里安静极了，挂钟在墙上滴答作响，猫的肚皮随着呼吸起伏，灰白色的绒毛像麦草般摆动。这种时候总是无话可说，但不说点什么又更不自在。

我摸出一支香烟，把窗户推开一条缝，外面的雨声清晰地传了进来。

"鸟类研究是干吗的？"我随便起了个话头。

"主要是研究鸟类的。"他回答。

"……挺有意思。"

"对。"

屋里又安静了。人和人之间的交流不但艰难，而且毫无意义。

"你在大学工作？"我又起了个话头。看他的打扮和平时规律的作息，估计是个三好学生，但我们住的地方附近并没有大学或者研究机构。

"不是，"他摇摇头，"我回来以前联系好了一所大学，但是后来他们说编制紧张，今年没有教师名额了。我暂时在学校的网络中心工作。"

这让我吃了一惊。一个年轻有为的科学家，竟然成了网管？见到我惊讶的表情，他有点腼腆地笑笑："只是暂时的。"

"暂时干几天，下学期有名额了就回去？"这还差不多。

"不是。工作只是暂时的，很快就失业了。"他说，

"临时雇员末位淘汰，连续三次上榜就要辞退。我已经两次了。"

我更加吃惊，想不出这个规矩又认真的三好学生怎么会落到这个境地。

"怎么搞的？"

"上班时间看天。"

"什么？"我以为自己听错了。

"只是看了一下下，也没有一直看，正好被撞见，没办法。"他说，"虽然我坐在靠窗的位置，但外面的天不是这里挡住就是那里挡住，其实看不到什么，比我们住的地方差远了。"

他清澈的目光看向我，好像我理所当然能明白他的意思似的。我当然不明白。

"天有什么好看的？"

"天上有鸟，能飞。"他温和地笑了，眼睛里闪烁着光芒，和他大脑短路的状态判若两人。人只有在谈到自己最熟悉、最喜爱、最向往的事物的时候才会有这种温柔又聪慧的神情。

"你租房子的时候说要视野好，也是为了观察鸟类？"我问。

"说不定什么时候大学有名额了，还可以申请。"他说。

暴雨下到后半夜才停。医生把费用打了折，我们还是花完了现金，又刷了一些信用卡。几天后灰猫出院，我们连信用卡都刷光了。

本来有言在先不养宠物，但当时的情况下我也不好再提这件事。我忙着在网上给灰猫找领养的主人，徐栖十分仔细地照顾它，猫粮必定先用鱼汤泡软，如果是冰箱里拿出来的罐头，还会用微波炉温一温。

不过，灰猫并不因为徐栖的悉心照料就与他多么亲近，看谁都是一副傲慢的样子。

"猫都这样。"徐栖说。

大概因为打了石膏的右手看起来有点滑稽，我发的"灰猫寻领养"帖子下面获得的"哈哈哈哈"加起来都能绕地球一周了，猫还是没有送出去。

"怎么办，送不掉。"

"慢慢找，不着急。"

"洗干净再拍张照试试。"

等它的伤口拆了线，我们给它洗了个澡，洗完之后发现还是灰不溜秋的一团。

"糟了，洗不白。"

"这个颜色也有好处，耐脏。"

过了一段时间，猫的身体恢复了矫捷，不过仅限于徐栖上班不在家的时候。只要他一进门，它就立刻做出虚弱的样子躺在软垫上，等着那个纯良的鸟学家把新鲜的三文鱼罐头送到它嘴边。

"要不养着算了。"

"不行。"

又过了一段时间，我们仍然没有找到愿意领养灰猫的人，它却忽然自己消失了。不在床下面，不在衣柜里，我和徐栖翻箱倒柜，也没有找出它的踪迹。

"可能是门窗没关好，从阳台跑丢了。"我说。

徐栖看起来有些失落，但也只是又说了一遍那句话："猫都这样。"

生活回到了过去的轨道。既然货真价实的鸟学家都能被放鸽子，我这种半吊子编剧失业也不是什么大事。我接了一些零散的工作，白天给参加综艺节目的小艺人写脚本，夜里在电脑上看电影或者喝酒发呆。天气变凉，徐栖换上了连帽衫，回家以后就把自己关进房间。灰猫失踪之后，我们也恢复了点头之交。

二

天气凉得很快。临近中秋，今年却毫无节日气氛，据说因为原料供应问题，月饼口味和款式很受限制，导致生意十分萧条。中秋节的夜晚，徐栖下班回来，一手拎着盒饭，另一只手拎了一盒月饼，说是单位发的中秋福利，让我随便吃。

他打开盒子，里面原本是五个月饼的位置，却只放了双黄、枣泥、莲蓉和云腿四个月饼，剩下一个写着"五仁"的格子里滑稽地躺着一只咸鸭蛋。

徐栖呆呆地看着咸鸭蛋，问："这不是端午吃的吗？"

"你们单位买的三无产品，把端午没卖完剩下的咸鸭蛋塞月饼盒子里了，够省。"我把鸭蛋扔回盒子，随手抓起双黄月饼，往椅子里一歪。随便吧。

徐栖想了好一阵子才弄明白为什么商家要把端午剩饭放进中秋礼盒，结果来了一句"也不是不行"。真是任人宰割的典范。他推开窗户，像只鹅似的把脑袋伸出窗外，试图找到月亮的位置，但一无所获。

想想好笑，我送给女友的戒指就是在分手当天被她从这个窗口扔下十六层高楼的。夏天的时候我们还约好去听张学友的中秋演唱会，结果夏天还没过完我们就断了联系。我窝在椅子里想着这些事，电话响了，女友的名字突然出现在手机屏幕上。我心里一跳，立刻接了起来。

　　"是我。"简洁有力，是她的声音，"你工作找得怎么样了？"

　　"还不错。"我扯了个谎。

　　"我知道你最近不容易，但一时的困难算不了什么。坚持就会成功。"

　　"你说得对。"

　　"我认识了几个做投资的朋友，打算投影视公司，正在招聘。今晚一起来聊聊？"

　　"那太好了。"

　　"写东西没前景的，你能想明白这点就好。"

　　"当然。"

　　"行，晚些我通知你具体地点，看着点儿手机。我知道你也想找份好工作，我会帮你的。"她挂上了电话。

　　我站在原地，全身血液变成深红色的岩浆，从某个地下岩层沿着裂缝层层上涌，灼热地堵塞在胸口，让我无法呼吸。几乎无意识地，我将手中的包装袋扯到了底，那块硬邦邦的双黄月饼砸在地上。一抬头，徐栖两只眼睛直勾勾地瞪着我。

我有点尴尬，捡起月饼。但他还是瞪着我，准确地说是瞪着我身后的方向。我顺着他的目光转过头去，沙发床上方是客厅的老式铁框窗户，窗扇开着，月亮不知什么时候已经升起。夜风微凉，一轮明亮的圆月下，傲然立着一条毛茸茸的身影，一双桂圆核般的眼睛又黑又亮，椭圆形的宽脸上竖着两只三角形的尖耳朵，尾巴高高举在身后——是灰猫。

它抖抖毛，清清嗓子，咧开三瓣嘴：

"两位，别来无恙啊。"

当时的情景我记得再清楚不过：四下安静极了，能听到双黄月饼再次掉在地上的声音。

灰猫圆溜溜的眼睛在我和徐栖之间转了几转，低头叼起窗台上一小包什么东西，踩过沙发床，跳上桌子，把东西放在了桌子中央。

那是一只用墨绿色树叶裹成的小包袱，上面系着一个蝴蝶结。它一屁股坐在茶杯垫上，两只前爪灵巧地解开绳结。

我的心怦怦直跳，一方面认定自己出现幻觉，另一方面又希望妖怪报恩的传说是真的：在那些故事里，妖怪们要么化身美丽女子以身相许，要么送来黄金万两珠宝无数。哪种都行。

灰猫打开最后一层树叶，露出一小捆金黄香脆的鱼干。

"前些日子承蒙二位关照，适逢中秋佳节，特意带了点儿下酒小菜，不成敬意。"它做出邀请的手势，大方地示意我们落座。

我们乖乖按猫的示意挪到桌旁，瞻前顾后地坐了下来。灰猫把最大的那条鱼推到徐栖前面，选了条小的推给我，自己拿起不大不小的一条咬了一口。咔嚓，声音酥脆，听起来外焦里嫩，相当不错。

我警惕地看着徐栖的下一步举动，他端详了一会儿鱼干，小声对我说："以前我在牧区做研究的时候，牧民朋友请我们吃羊眼睛，那是款待贵宾的习俗。"

"你吃了？"我胃里发堵。

他点点头："嚼起来像田螺。"

徐栖拿起一条鱼干，坚决地咬了一口，两条眉毛立刻飞了起来，三下五除二就吃光了一条。看他没什么异常反应，我也犹豫着把鱼干放进了嘴里。确实还不错，有点像料理店的盐烤多春鱼，不过更香一些。

吃了鱼干之后，我们紧绷的神经放松下来，灰猫开口说话这件事似乎也不那么奇怪了。它满意地眯起眼睛，舔了舔前爪上沾着的鱼味儿。

"这是'一刀余'总店的限量版秘制鱼干，论口感是独一份。三年前，余老板的店被一帮游手好闲的喜鹊盯上，卖不完的存货频频失窃，我帮他解决了这个麻烦，因此他定期送我一些。"灰猫说。

"你干掉了喜鹊？"我问。

"噢，我干掉了存货。"灰猫回答，"我建议老余每天现做现卖，不留隔夜货，一劳永逸地解决了这个难题。"

"真是另辟蹊径！"徐栖钦佩地看着它的宽脸。他这个人虽然思维方式奇怪，但总体上有条理讲逻辑，只是每次遇到猫的事就毫无底线，一味逢迎，令人无语。

灰猫倒很享受这种奉承，它挺了挺背，不动声色地掩饰着骄傲的神情。

"这一点上，我和徐老师英雄所见略同。用你们人类的话来说，叫做不谋而合，一拍即合，一……一什么来着？"

"一丘之貉。"我说。

"对，就是这个意思。"灰猫没有听出我的言外之意，满意地点了点头。接下来，它拢了拢两只前爪，愉快地透露了许多动物生活在我们这个城市的秘密，我们这才知道自己生活在一个精怪出没的世界里。

"中关村地铁口有个推小车卖鸡汤面的小摊，摊主其实是黄鼠狼；五道口经营烤串店的其实是刺猬一家；朝阳公园那边的甜酒酿米糕，做酒酿的其实是狐猴；还有街角卖鲜虾捞面的店，老板娘其实是鹩鹕。"灰猫笑眯眯地说。

"你说的烤串店，是用特制的签子烤肉的那家吗？"那家店我去过，蜜汁鸡翅和羊腿特别出名。我还好奇为什么结账的时候店家要仔细数签子回收，原来那些是刺猬背上的尖刺。

"没错。他们家的烤肉总有一股鲜果的香气，那是刺猬们秋天收果子时，果子扎在上面留下的气味。可惜后来开不下去了。"灰猫惋惜地说。

"为什么？"我并不知道还有后续发展。

"因为生意太好，引起同行嫉妒，没多久就有竞争者在马路对面开了一家同样的烤串店。刺猬一家待人和气，新来的这伙却气势汹汹，连哄带吓，最后把刺猬一家轰走了。"灰猫摇了摇头。

"谁这么霸道？"

"还能有谁？豪猪。它们这一类不务正业，欺行霸市，最开始冒充老中医给人扎针灸，闹出医疗纠纷，后来改行在三里屯做文身师，给人家背上文了个四不像，被狠揍一顿。谁想到最后跑去欺负刺猬一家。"

"那刺猬们后来怎么样了？"

"回乡下了，接着做以前的营生，鲜果运输。"灰猫说。

"你说的朝阳公园那边的甜酒酿米糕，是八块钱一碟、蘸上蜜乳吃的那种吗？可是最近没看到卖的了。"徐栖也开始在自己的生活中寻找精怪们存在的蛛丝马迹。

"就是那种。狐猴擅长造酒，做酒酿米糕、酒酿馒头什么的，对它们来说只是小菜一碟，人类的厨师怎么也达不到那个水平。不过八块钱的米糕利润太薄，餐厅租金又一直涨，老板想改换经营方向，于是就找了个借口把狐猴辞退了。"灰猫说。

"啊呀，吃不到了。"徐栖遗憾地说。

"狐猴们下家找得非常理想。有的去了酒厂，有的去了酒庄，都是高薪。还有的因为有独家秘方，甚至还拿了股份。这年头，会酿酒总是不愁活路的。"灰猫说。

"真是一本正经地胡说八道。"我说。如果不是因为今晚没喝酒，我一定会怀疑眼前的场景是不是真的。

"这个嘛，其实不能这么看。"灰猫礼貌地指出，"按照人和动物来区分生灵本来就是非常局限的思路。实际上人类也好，动物也好，甚至植物也罢，区分它们的唯一方法就是是否拥有'精魂'。"

"精魂？"

"没错，拥有了精魂的物种，就是万物之灵，用几条腿走路并不重要。"灰猫说，"万物有灵，精魂不死，这才是真实的世界。"

"难道不是每个人都有精魂吗？"

"当然不是了。满大街那么多人类，上班，下班，恋爱，失恋，结婚，离婚，苦恼，快乐，随波逐流，碌碌而生，难道你觉得他们拥有精魂？"灰猫毫不客气地反驳，"人没有精魂，和鱼干有什么区别？"

真是站着说话不腰疼，一条猫怎么明白人的辛苦。我还想反驳，灰猫换回彬彬有礼的语气，话锋一转："今夜月圆，既然大家聊得投机，不如换个赏月的地方，边吃边谈？"

"那太好了。"徐栖毫不犹豫。

"去哪儿？"我心生疑窦。

"这个嘛，附近的湖广会馆两位可去过？今天晚上有中秋堂会，店家提供桂花月饼，难得一遇。"灰猫说，"我碰巧有三张包厢票，正对戏台。"

"桂花月饼？"徐栖两眼一亮。

"嗯哼，满陇桂雨的蜜糖金桂，一年也就吃这么一回。而且不光桂花月饼做得好，桂花佳酿也很棒，"灰猫歪头将我打量一番，做出遗憾的样子，"所以嘛……你不能去真是太可惜了。"

"我为什么不能去？"

"咦，你不是要等女朋友的电话吗？为了工作的事吧？她对你可真好。"

它这么一说，我立刻感到背上长出一片毛刺。吃剩的鱼干躺在蔫掉的叶子上，岩浆在地底翻滚着深红色的泡沫。

"你说得对。不过我们人类有手机，这玩意儿可以随身携带，保持联系。"我毫不客气地瞪了猫一眼，把手机装进口袋。

灰猫跳上徐栖的肩膀，狡黠地眯起眼睛，居高临下地数落道："人类就要安心过咸鱼的生活嘛，总想着凑热闹可不行……"

我们一道出了门，月明星稀，凉风宜人，信步街头，感觉十分奇妙。在我的记忆中，自少年时代结束，就不曾有过几个人一起做一件荒唐事的经历了。我感到脚步轻盈，充满期待，徐栖也一副欣欣然的模样。

湖广会馆离我们住的地方很近，逢年过节有大鼓、相声、戏曲之类的传统表演，但我从没去过。据灰猫说，这处宅院最早建于嘉庆年间，曾有多位名流在此下榻，一度堂会不断，堪称宣南胜地。我们被服务生引着一路往里，只见朱漆大门内亭台楼阁富贵大气，竹木花草曲径通幽，天幕上更是用金丝黄缎绣着龙凤戏珠。此刻，台上演着一出武戏，台下满堂喝彩，热闹极了。

服务生将我们领上二楼，清一色包厢雅座，挂着深红色绒帘。灰猫掏出三张戏票递给脸色灰白的检票员，大方地四下介绍我和徐栖："这就是我提到的那两位朋友，胡先生和杏先生。"我和徐栖按猫之前的嘱咐，装模作样地点头微笑，检票员扫了我们一眼，没有看出问题来。

　　"喂，你这票本来不是给我们吧？"我低声问猫。

　　"你们两个人类，最多只能买到大厅散座的票，怎么能搞到包厢呢？我为了带你们欢度中秋，专门让两位朋友出面买了这两张票。真是好心没好报。"灰猫一脸不高兴，吹胡子瞪眼睛。

　　"好了好了，猫能有什么坏心思呢？"徐栖忙摸了摸它的后背，给它顺毛。

　　我们走进包厢，八仙桌上早已摆好三盏清茶、一盘桂花月饼。服务生将深红色天鹅绒幕帘一挑，正前方戏台上的一举一动清清楚楚，楼下大厅的方方面面也都一览无余。竟然能弄到这么抢手的座位，看来灰猫不光脸大，面子也不小。

　　"今儿来的都是角儿，三位尽兴。"服务生伺候灰猫在软垫上坐下，鞠了一躬，恭敬地退场。

灰猫端起茶盏浅尝一口，徐栖对着桂花月饼搓手，我看着楼下天井里熙熙攘攘的观众，暗暗揣测谁会是动物变成的人形。桂树的香气从院中飘来，明月悬在半空，想到自己正和一只猫共度中秋，我感到身在梦中。

片刻之后，锣鼓三声响过，戏又开演。这次舞台上多了一张朱红色的八仙桌，两位武生一黑一白，围着八仙桌前躲后闪，一招一式，难解难分。我和徐栖对传统戏曲了解不多，大部分兴趣都在灰猫身上，猫倒是一副戏迷的样子。

"台上演的是什么？"我随口问。

"这出戏讲的是两位好汉在黑乎乎的旅馆里起了误会，互相以为对方是坏人，摸黑一场恶斗，最后主角出场，方才冰释前嫌。"灰猫一边与我们谈天，一边紧盯戏台。

"精魂的世界也有坏人吗？"徐栖吃下第三块桂花月饼，两只手沾满了糖浆。

"自然是有。像我这样智勇双全的猫，往往需要处理一些复杂而艰难的特殊状况，即使深入虎穴、九死一生，也是常有的事。"灰猫轻描淡写地说。

"类似黑猫警长？"徐栖一本正经，灰猫险些把茶喷到桌上。它不得不清清嗓子，重新摆出云淡风轻的模样："应该说是孤胆英雄。实不相瞒，上次遇险被二位搭救，就是因为在一次危险的行动中遭人暗算。后来不辞而别，也是为了要去处理那个事件的后续工作。"

它这么一说，我和徐栖都瞪大了眼睛，让它具体讲讲。灰猫犹豫片刻，沉稳地点了点头。

"这件事牵扯众多，有相当多的内容还需要保密。用你们的话来说，它并不是一件单纯的案子，而是一起团队内讧造成的帮派火并。"说到这里，它挥挥手，让外面的服务生放下厚重的天鹅绒帘子。这样一来，小包厢就和外面的世界隔离开来，不怕被旁人听到。

"帮派火并？"难道是和狗打起来了？

灰猫喝了一口茶，娓娓道来这一段奇闻。原来，我们生活的世界不光有许多动物和植物的精魂，食物、天气、假日也都可能有自己的精魂，其中就有一位富可敌国的殿下。这位殿下的手下尽是精兵强将、可用之才，最受信任的是一个由五名成员组成的带刀护卫团。本来一切都很正常，可殿下不知怎么的学了一些管理方法，认为团队要有活力，必须居安思危，因此开始采用竞争上岗的方式。谁想进入护卫团，都要通过比试，择优录用。这么一来，下属们如临大敌，护卫团的五位成员生怕被取而代之，后来者则个个摩拳擦掌。跃跃欲试的众人中，有两个最有实力，也最有野心：红袍怪花哥和鼠来宝松哥。花哥和松哥没有十足的把握在公开比试中获胜，于是密谋先下手为强，把排行最末的两名护卫干掉。

"说来这位殿下有些独特之处，一年四季里大多数时候都只在主园中闭关不出，只到立秋之后才现身。因此，这两个野心家决定在夏末宴会上动手，趁殿下不在，先斩后奏。"灰猫说。

八月末，鸿门宴，暴雨如注，众人到场。花哥和松哥拉帮结派，做了万全准备，只等摔杯为号，万万没想到，那两位护卫早就知道了这个消息，各自带了人手，决意反杀。

深红色幕帘外传来戏台上的锣鼓声和人群的喝彩，远远近近，忽急忽缓。灰猫说到此处，帘外一声锣响，把我吓了一跳，它躬身立起，将拉绳用力一拽，绒布幕帘豁然打开　明亮的灯光直射进来。

"好戏正在上演，朋友们，要是错过可就亏大了。"灰猫往戏台张望一眼，回到软垫，拢拢前爪，喝了口茶。

"然后呢？"徐栖追问。我们谁也没兴趣看戏，只想听灰猫讲。

"然后鸿门宴就成了刀光剑影的火并现场。"灰猫摇头叹息，"那是一场相当高档的自助餐晚宴，乐队演奏行云流水，美酒佳肴数不胜数，谁料转眼间大家打得馅儿都出来了。在下身临其境，也是相当震动。"

"你在那儿干什么？"我问。

"这个嘛，在下只是个小角色，"灰猫语焉不详地回答，"我受相关部门委托，与几位同行乔装打扮，以宾客的身份潜入宴会现场，制止这一危机。没想到……我入戏太深，装得太像……你知道，当时是个自助餐。"

"你的意思是，你吃多了。"我抓住了重点。

灰猫不自在地挪了挪屁股："其实也没有很多，毕竟我不能什么也不碰，那样就引起怀疑了。总之，我吃了一条三文鱼……"

"你吃了一整条三文鱼？"徐栖惊讶地瞪着灰猫的肚子。

"……这不是重点。我是说，我随便吃了几口晚饭，又假装喝了点儿酒，忽然间大厅里就乱了起来，到处鸡飞狗跳。潜伏的同行们亮明身份，鸣枪示警，我的搭档汪汪乱叫冲过来说疑犯跑了……"

"你的搭档汪汪乱叫？"徐栖也发现了重点。

"不用管他。他们这一类智力不行——总之，我赶紧跑出大厅，像我这样火眼金睛目光如炬的猫，一眼就发现了正在逃窜的花哥和松哥。他们俩也不是吃素的，当即分开往两头跑。我和搭档各追一个，在倾盆暴雨和滚滚车流中上演了一场狼奔豕突的精彩大戏——"

"然后你卡在栏杆里了。"我毫不犹豫说出真相，一点儿面子没给它留。

"我追的那位疑犯满肚子坏水，捡缝儿就钻，我顺利钻过了七八个栏杆……"灰猫还想保住自己的脸面。

"最后还是卡住了。"真相可以说两次，嗯。

"你非要这么说我也没办法。"灰猫虎着一张脸，"反正算工伤。"

这就全明白了。灰猫的叙述加上暴雨那天我们的见闻，前因后果都联系了起来，有一种拨云见日的奇妙感觉。

"后来抓到他们了吗？"徐栖问。

"花哥和松哥逃跑之后，眼看没有退路，索性一不做二不休，组织了好几次针对两位护卫的袭击，非把人家干掉不可。他俩吓得够呛，只得求助特事处——"

"什么处？"

"特事处，特别事务处的简称。为了将所有在逃人员缉拿归案，特事处那些人差点儿想破脑袋，好在我已经给他们指出一条明路，很快就可以顺利收官了。"灰猫拉了拉铃，吩咐服务生添茶，"当然，我也合理地收取了一点儿微小的费用。"

"你给他们出了什么主意？"徐栖天真地问。

"这个嘛，无非是引蛇出洞。"灰猫放下茶杯，往嘴里塞了一块月饼。

"用两位护卫作为诱饵，引诱花哥和松哥前来袭击？"

"正是。"灰猫狡黠地一笑，"那两位护卫一个诨名美人目，一个外号铁头陀，都是戏迷，我们向外界散布消息，说他们要在中秋之夜外出听戏。听戏的地点嘛，就是这里。"

"这里？"徐栖完全没有意识到危险，兴致勃勃地站起来趴到栏杆上，伸长脖子往下看。刚刚我们全神贯注地听灰猫讲故事，没有注意场中情形，此时才发觉场中不知什么时候多了许多观众，台上戏至高潮，鼓点密集，锣声脆亮，武生们上下翻飞。随着节奏的加快，台下观众也站了起来，里外三层地挤在戏台前方。

我有种不好的预感，暗暗后悔今晚这一趟过于大意。为了确保徐栖活到下次交房租的那天，我一把将他揪回椅子，他却浑然不觉地分析起灰猫的计策："这个法子不保险。这儿这么热闹，如果真让那两位护卫出现，引来逃犯，难免会引起安全问题。"

灰猫没有答话，两只眼睛笑而不语地望向我。我心中不安更甚，目光紧紧盯住楼下的人群。新来的观众有些不太对劲，他们好像在热心看戏，却不时回头扫一眼我们所在的包厢。天气并不炎热，不少人却敞着外套。一个穿短夹克的男人回过头来，海苔眉下一道锐利的目光正与我相遇，我背后顿时升起一片凉意：他的夹克里藏着一把手枪！

我猛地起身去拉身后的小门，但门已从外面上了锁。此时此刻，戏台上一声断喝，两位打得不可开交的武生突然转换方向，两柄花枪直冲着我和徐栖掷来，闪烁的银光瞬间就到了我们面前。说时迟那时快，灰猫纵身一跃拽下拉绳，绒布帘倏然关紧，我眼前一黑，只听见两声布帛裂开和金属相撞的细微声响。

紧接着，楼下传来惊慌的叫声、尖厉的哨音、杂乱的跑动和呼喝之声。

"别跑——！"

"站住！"

我一脚踹开包厢门，黑暗中抓住徐栖的胳膊把他往外推："快跑！"没想到那扇门是个弹簧活页，徐栖刚往前迈出一步，就被重重弹回来的门扇迎面拍在脑门上，直挺挺给拍了回来。我们俩摔在地上，眼冒金星。

"别走！"漆黑一片的包厢里传来灰猫的声音，两只手电筒一样的眼睛扑向门口，挡住了去路。我飞快爬起来，往包厢前方扑去，用力去掀帘子——就算从二楼跳下去，也比坐以待毙好。可是这块天鹅绒帘布竟然纹丝不动，准确地说，这根本不是天鹅绒，更像金刚纱，用来做防盗纱窗的那种。见鬼，被困住了！我正要用力再掀，一只毛茸茸的爪子按住了我的手。

"不可以！"灰猫喝道。

话音刚落，楼下兵刃相交的杂乱之声、脚步凌乱的逃追之声、桌椅翻倒的打斗之声骤然密集，有人高喊："都抓到了！"很快，躁动停了下来，周围恢复平静。

灰猫松了口气，挪开摁住我右手的爪子，啪一声按下墙上的电灯开关。包厢一亮，我一眼看见两柄卡在深红色布帘里的锐利枪头，明晃晃地发着寒光。那帘子果然不是普通天鹅绒，里面夹着一层密实的金属网。我一把抓住它的脖子提到空中，吼道："你想干吗？"

徐栖刚刚还吓得贴在墙上，此刻立马是非不辨地拦在了我前面："冷静，冷静。"

"冷静个头！你还没明白？那两个什么护卫从头到尾就没出现，这只猫让我们拿着他俩的票，我们俩就是诱饵！你明白了吗？你个三好学生，被猫卖了还给它顺毛！"我怒气冲冲地吼道。

徐栖茫然地眨眨眼睛，全然不明白发生了什么事。他此前明明想到了不能真让那两个家伙出现在公众场合，却就是想不到灰猫会哄骗两个不知内情的无辜良民坐在预留给他们的座席上。

36

"喂，我采取了安保措施的好吗？不然你以为一块天鹅绒能挡住凶器？"四肢悬空的胖猫从我手里挣脱，拍了拍胸口被抓乱的皮毛。

"这也叫安保？这叫恩将仇报！"我瞪着它。但凡它刚刚慢半秒拉帘子，我和鸟学家已经被钉到墙上了。

灰猫歪过脑袋，大言不惭地狡辩："不是吧？我把你从那张倒霉的书桌边上挖出来，让你身临其境地看了这么一出好戏，你竟然不感激？话说，是你自己不想当咸鱼，非要跟着我们出门的。"

岂有此理，明明是这胖子一路给我下套。

服务生喜气洋洋地走进包厢，向灰猫汇报大获全胜的战果，戏台上两个行凶的家伙都抓到了。看来服务生和灰猫也是一伙的，蒙在鼓里的只有我和徐栖。

"汪队长在大厅等您。"服务生毕恭毕敬地对灰猫说。我往楼下看去，是刚才楼下那个海苔眉、短夹克的男人。

灰猫骄傲地抖抖毛，让我们原地稍等。"我去和组织上谈一下待遇问题，至少得记个编外二等功。"它得意扬扬地说。

事到如今，灰猫今晚行动的方法也十分清楚了：

在这方寸之地，通过添茶、换点心、开关门帘等暗号向戏台上下的同伴发布行动指令，最终不动一根指头便取得胜利。想到自己被一只猫捉弄，我就没有好脾气，绝不会再听它的鬼话在这倒霉屋子里等着。我拉开包厢门往外走去，刚迈出一条腿，一柄银亮的短刀顶在了我的胸口，紧接着是一块刺鼻的毛巾。徐栖试图反抗，但很快也软软地倒成了一条。

"快！"几个人七手八脚地把我们从暗门拖下了楼梯。

三

昏迷的过程并不完全没有知觉，更像无法醒来的梦。半梦半醒之间，我恍惚被塞进车子，回到了失业之前工作的地方。那是位于郊区的一个廉价摄影棚，公司长租了一个房间，布置成演播厅的样子，让主持人和所谓的专家、老顾客现身说法，把那些"不要999，只要299"的产品夸了又夸。演播厅后面隔出来几间简易休息室，是后台工作人员的活动场地，挤满了简易行军床、盒饭、器材、烟灰缸。最多的一天我们拍了十三条广告，包括自动减脂仪、视力保健灯、降血压灵芝粉、蛋白质面膜，以及一种从番茄皮当中提炼出来的保健品。每当前台出了状况，比如主持人实在念不下去那些溢美之词，现场导演就会高喊："这块儿得改改，编剧呢？编剧！编剧来一下——"

"编剧，编剧，醒醒……"

催促声像蚊子叫似的围着耳朵乱飞，我睁开眼睛，发现自己置身于某个厂房或者生产车间，明亮的月光从高高的气窗中照射进来，流水线一动不动，方形的大漏斗旁挂着"加料口"的牌子，不远处是一台搅拌机。

"你醒了？"

蚊子叫忽然从脑袋后面传来，吓了我一跳。我一个激灵想要站起来，发现自己背靠背和鸟学家捆在了一起。

"你刚叫我什么？"我问。

"我不知道你名字啊。"他说。

"好吧。现在这是什么情况？"

"我们好像被绑架了。"

"又是猫干的？"

"不会，它收拾咱俩没必要费这个劲。"

这倒是。

四下一个人也没有，空气中弥漫着甜蜜的香味，靠墙堆着大量包装完毕的糕饼，盒子上印着品名标志。看来，这是一家著名老字号糕饼店的生产线。

我挪动身体，勉强能感到手机没被收走，还在口袋里。但我的手被绑在徐栖的手上方，够不着。我让他试，果然，他没费什么劲就摸到了手机。

"你的手机有点儿怪。"他摸索着。

"别管那么多，快按110。"我催促。

"为什么有这么多键？"他问。

"按完了没有？"

"按完了。"

我们屏住呼吸，试图听到电话接通时发出的"嘟——"的声音，但什么也没听到。

"肯定按错了，再按。"我说。

徐栖又按了一遍，还是没有动静。见鬼。车间里响起脚步声，两个男人带着十几个小弟走了过来。为首的白白胖胖，披着一件红色风衣，另一个脸色灰白，穿件咖啡色紧身皮衣。穿紧身皮衣的男人用手电筒晃了晃我和徐栖，向白胖子汇报："花哥，包厢里的就是他们。"

一身红风衣的花哥皱起眉头："看着不像，小松你没搞错？"

"咱们追得这么凶，他俩哪敢和平时一样出门看戏，肯定得乔装改扮。"被叫小松的家伙回答，"我今天就在检票口，亲眼看见票上写着名字，亲耳听到人家介绍他俩，一个胡先生，一个杏先生。绝对错不了。"

我想起来了，这个叫小松的虽然换了衣服，但样子有点印象，不就是包厢门口检票的那小子吗？原来戏台上偷袭我们的并不是真正的花哥和松哥，只是个吸引火力的障眼法，真正的对手早就藏在最容易被忽视的地方，如今黄雀在后，把我们绑到这儿来了。

花哥听了松哥的话，志得意满地俯视我们。

"瞧瞧你俩，堂堂殿前带刀护卫，为了保命混成这个样子，丢人啊丢人，落魄啊落魄。早知今天，还不如当初主动让贤，免得麻烦。现在好啦，以后咱们再也不用为了入选五仁明争暗斗，每到中秋，兄弟我给你们摆副碗筷。"花哥说。

"两位好汉，你们搞错了，我们不是你们要找的带刀护卫，真的，我们一把刀都没带，"徐栖乱七八糟地解释，"这个事情是这样的，我们就是去看戏的群众，观众。"

松哥伸手从徐栖口袋里翻出两张戏票："骗谁呢？戏票都是实名制，一张写着胡先生，一张写着杏先生，不是你俩，还能是谁？"

我越听越气，大喊起来："你们就不能好好看看？我们是人类啊！还有比当人更惨的吗！"

我的真诚感动了花哥，他拿过手电筒，仔细把我和徐栖照了一回，然后披风一甩，勃然大怒。

"两个人类！这是两个人类！"花哥拎起小松的衣领，"你这个没脑子的东西，你抓人类来干什么！"

太好了，有救了，我暗暗庆幸。不料花哥话锋一转，得出一个匪夷所思的结论："既然你们坐在他们的座位上，肯定和他们是一伙儿的！快说，他俩在哪儿？"

花哥一声令下，我们被一拥而上的小弟们拎到了流水生产线前，一个长得像冬瓜糖的壮汉将我和徐栖的右手摁在生产线上。流水线顶上是一排手掌大小、梅花形的金属印章，看起来是压制月饼的模具。冬瓜糖启动开关，模具一个接一个地向前移动，重重砸在流水线上。

"你要是知道什么就赶紧说！"马上就砸到我了，我对徐栖大叫，"猫是你弄回来的，我什么都不知道！"

"等等！等等——"徐栖也吓得脸色发白，大喊起来。松哥停下机器："算你聪明。快说！"

徐栖颤抖着看看我，又看看松哥，终于开口："那个……别砸右手……"

我不可思议地看着徐栖，咱是让你说这个吗？哪只手重要吗？

松哥瞪大了眼睛，花哥也蒙了，他们也没想到有人会在这种时候关心左手还是右手。松哥愤怒地拉下机器手柄，啪的一声，一只模具落在了我的手背上，立时砸出了"云腿"两个字。

"咱们有话好说，有——嗷！"话音未落，又是啪的一声，徐栖的手背也被重砸了一记。模具移开，"哈密瓜"三个字一清二楚。

"我比你多一个字。"他苦着脸说。

"我笔画多啊！"我要气死了。

"继续！"松哥一挥手，我们的脑袋被摁到了生产线上，模具再落下来可就盖脸上了。我努力回忆各种月饼的口味名称，希望能找出一个适合当文身的。

"想起来了吗，他俩在哪儿？你们要不是一伙儿的，票是哪儿来的？"松哥吼道。

"是猫，猫！"事到如今，我只有一股脑儿告诉他们票是从一只猫那儿来的，我和徐栖千真万确蒙在鼓里，百分百完美受害者。

"猫？"花哥皱眉。

"对，一只又灰又胖、一肚子坏水的猫。"我咬牙切齿地说，"你们去找它，准没错。"

"包厢里确实有个猫！"松哥立马说，"吃了整整三块月饼！"

"上次宴会上那只？"花哥的神情严肃起来，"这是个麻烦。夜长梦多，我们先走。"

"花哥，这俩怎么处理？"松哥一指我和徐栖。

"随便吧。"花哥看都没看我们一眼，披风一甩，大步往外走去，"吊起来扔加料斗，拌了馅儿算了。"

"喂喂——"我大叫起来，徐栖也慌慌张张地跟着喊。我们很快被从流水线上拽下来，挂到了黑色铁钩上，松哥一扳操纵杆，绞盘转动，我们像屋檐下的腊肉一样被吊在了半空中，往黑洞洞的加料斗上方移动。我和徐栖奋力想挣脱绳子，但并没有什么作用。

"咱们不会真的被扔下去吧？"徐栖边扭边问。

"你觉得呢？"

"最后关头不是都会有什么意外事件发生？应该会有人来救我们。"

"那是电影。"

"你不是编剧吗？"

"所以我才不信。"

"原来是这样。"虽然这么说，但他还是接着扭绳子。

我们被移到了加料口上方，黑洞洞的洞口等着两块新鲜好肉。松哥忽然喊道："等会儿！"

"怎么了？"冬瓜糖问。

"这条生产线是枣泥馅儿的。"松哥仔细看了看一旁的标识。

"就是要枣泥馅儿，拌得越细越好。"冬瓜糖回答。

"这俩是人类，肉馅儿啊！"松哥敲了冬瓜糖一个爆栗，"转云腿线。"

绞盘重新启动，我和徐栖在半空中折了个方向，往另一个加料口上方移动。还得再忍受一遍求生的绝望，真不如刚刚就扔下去来得方便，我生气地开骂。生活总是给你一丁点儿希望，然后像踩蛋糕一样一脚踩扁。行吧，我们作为人的这一生就是这么结束的，活得千疮百孔，挂也挂得稀碎。

徐栖还在一个劲扭来扭去，导致我也跟着被晃来晃去。

"你就不能好好坐以待毙吗？"我很恼火。

"今天的研究笔记还没写完，本来打算晚上写的，明天还得——"徐栖废话连篇。

"你是不是真不明白？"我吼道，"你根本进不了那家大学的，他们让你回来只是做做人才引进的样子，然后先放你鸽子，再找个借口踢开，你就算做再多研究，好处也轮不到你头上。"

我知道自己的恼怒根本不是因为他。叹了口气，又说："我也不是什么编剧，只是个给电商写台本的而已。"

徐栖沉默片刻，温和地回答："一样的，都是写字。都用右手。"

我愣在半空中。关手什么事？

因为这只手要用来写字，所以才让它们不要砸吗?

怎么会。

漫长的好几秒里，我一句话也说不出来。

传送带一阵晃动，我们移动到了靠近气窗的加料斗上方，铰链停了下来，松哥操作机器，准备把我们扔下去。

"要是真在电影里，现在这个状况，编剧得怎么编？"徐栖好奇地问，好像一点儿也不在意我们死到临头似的。我还在震惊之中，如果一切都可以由一只手创造——

"如果真是剧本，现在只有神兵天降，才能逆风翻盘。这地方出入口被敌人把守，能与外界相通的只有墙上的气窗——"我往气窗望去，顿时睁大了眼睛。

明亮的月光下，两个毛茸茸的三角形出现在窗台边缘，然后是一个有 M 记号的圆脑袋，再然后是一团沉重的身躯。那团东西龇牙咧嘴地抬了五六次后腿，终于爬上窗台。

是灰猫!

徐栖冲着地面大喊起来："先别扔! 救我们的人来了!"

"你丫闭嘴!"我在半空中奋力踢了他一脚,给敌人通风报信的角色我可不想写。

在场的都听到了徐栖的预警,松哥第一个发现窗台上气喘吁吁的灰猫,大声喊道:"是那个猫!"

灰猫喘足气,逆光摆好姿势,骄傲地答道:"不错,运筹帷幄,决胜千里,正是在下。"

松哥并没有注意灰猫的回答,接着嚷道:"花哥,上次的自助晚宴,要不是它胡吃海喝扰乱视线,我们还真逃不出来。你说,它是不是跟我们一伙儿的?"

灰猫一听,脸上傲然的神情立时瘪了下去,双耳一收,宽脸拉长,悻悻地回头往空中做了个邀请的手势。

"殿下,您请吧。"

耀眼的月光照进窗户,好像直升机的探照灯一样让人睁不开眼睛。我感到什么轻柔的东西从身旁飞过,空气中瞬间充满了清冷的淡香。接着是机器碰撞、仓皇逃窜的声音,一屋敌人此起彼伏地叫了起来。

"快跑,殿下来了——"

"跑不掉了完蛋了——"

"救命呀——"

强烈的光线照得我什么也看不见，只能大喊："胖子，放我们下来！"

　　铰链再次开始转动，原地转了几圈之后，终于将我们从加料口上方挪开，移到了墙边那堆月饼盒上。灰猫后腿一飞，踢在操纵杆上，我和徐栖自由落体掉进了月饼堆里。

　　"啊呀，应该来个软着陆。"灰猫两只小手捂住了三瓣嘴。

　　窗口那束强光笼罩着花哥、松哥以及他们的手下，他们试图逃跑，但不由自主地被吸向光源的方向。我惊讶地看着他们在光束的照射下越变越小，最后变成豆子大小的模样，全部被吸进了光源之中。不得不说，这比变成月饼馅儿吓人多了。

　　车间里鸦雀无声，半空中一个庄严的声音问道："这就是今晚帮助收服五仁的人类吗？"

　　"正是这二位。"灰猫连忙回答，让我们给"殿下"行礼。

　　明亮的光芒逐渐收敛，变成了柔和的月辉，仙乐飘飘，舞步盈盈，一位霓裳羽衣、身材修长的仙女真的出现在了我们面前。

只不过，这位仙女并不是一名传统意义上的仙女，而是一只体形很长、很长的鹅。

长鹅。

"这就是掌管中秋佳节的长鹅殿下。"灰猫说。

我双腿一软就跪了下去。这是我人生中第一次亲眼见到仙女，果然终生难忘。

长鹅殿下浑身披着圣洁的光辉，向我们说了些道谢的话，还送了一坛货真价实的桂雨佳酿。等她翩跹而去，我和徐栖才回过神来。

"她说要不是我们倾力相助抓住叛徒，往后的中秋就吃不上五仁月饼了，这是怎么回事？"我问灰猫。徐栖也莫名其妙。

"因为红袍怪花哥和鼠来宝松哥就是花生和松仁啊！"灰猫说，"还记得我说过那五名带刀护卫吗？他们就是五仁月饼中的芝麻、瓜子、橄榄、杏仁和核桃。花生和松仁想要跻身五仁行列，于是密谋干掉杏仁和核桃。如果真的得手，往后哪里还有正宗五仁月饼可吃？"

"但是……花生松仁什么的，真的能变成人形？"我还是觉得难以置信。

"咦，我不是一早就说过万物有灵的道理？你们看到的是变化多端的精魂，这有什么好奇怪的。"灰猫不以为然。

"可是……末位淘汰、竞争上岗什么的，不是长鹅殿下自己提出来的吗？现在搞砸了，怎么把人家说成叛徒？"徐栖问。

"别提了，长鹅殿下也是被小人所骗，上了个什么商学院，学了些乱七八糟的东西，不然也不至于出此下策。但殿下既然是殿下，肯定不能轻易承认自己决策失误，只能拿花生和松仁开刀了。"灰猫连连摆手，"唉，可惜五仁兄弟往年干得好好的，每年兢兢业业给人类提供五仁月饼，经过这么一番折腾，估计几年都缓不过来。五仁月饼的人气也要大受影响。"

"那花哥和松哥会怎么样？"徐栖小心地问。

"你看到殿下脖子上挂着的那个宝盒了吗？刚刚他们就是被收进了里边。估计要关一段时间，然后被发配去做花生糖或者炒玉米，啧啧啧，惨。"灰猫咂咂嘴，"也算活该，哼，没想到这两个家伙行事如此狡猾，竟然还安排了连环伏击。之前我回到包厢一看你们不在，又闻到乙醚的气味，就知道大事不妙，还好搬了救兵及时赶到。"

听灰猫这么一说，徐栖很快陶醉在"联手拯救了五仁月饼"的喜悦之中，直到猫拱手告辞，他才紧张起来。

"不回家里住吗？"徐栖眼巴巴地看着它。

"不了，上次是因为非常时期，已经给徐老师添了许多麻烦……"灰猫假惺惺地推托。

"不不不，一点儿也不麻烦，"徐栖连忙摆手，"而且我也不是什么老师。"

"徐老师的学术能力比许多在高校里混日子的教工强得多，没有加入教师队伍，不过是因为学科有点儿冷门、学界又过于功利而已。"灰猫侃侃而谈，颇有见地。

接下来，灰猫再次告辞，徐栖再次挽留。一人一猫来来去去磨蹭了一刻钟，我实在等得不耐烦，将灰猫捞在胳膊下面夹好，拔腿就走。徐栖赶紧抱起那坛桂花酒，小步快跑地跟在后面。

灰猫满意地眯起眼睛，一面絮絮叨叨地说些"不喝自来水要喝矿泉水""早上要喝奶晚上要有汤""刺身要新鲜罐头不能重样"之类的话，一面反复强调

"靠近暖气的位置留给我"。我没好气地瞪着它的宽脸。

"我说，三流编剧——"

"谁是三流编剧？"

"我会看相算命你信不信？"

"不信。"

"哎呀，真没意思。我这就给你算一卦：你这个人嘛，对找工作这件事没有嘴上声称的那么上心呀。"

"胡扯，我一晚上都在等女朋友的电话。"这可是千真万确。

我推开房门，剩下的那条小鱼干还在墨绿色的叶子上躺着，旁边醒目地摆着我的手机。这不可能，我明明把手机放进口袋了！

我伸手一摸，摸出来一只遥控器。

难怪徐栖说按键多。

手机上七个未接来电，这下好了。我一屁股坐进豆包沙发。

徐栖换上格子睡衣，一手拿着一杯热豆奶走了过来，十分好心地安慰我："没关系，即使接到了面试电话，也不一定会通过啊！这么一想就好受多了。"

如果世上真有照妖镜的话，我一定要借来看看我的室友是什么东西变的。

喝着他递过来的热豆奶，我不知怎么想起了那只装满白骨的箱子，鬼使神差地问："你之前那个室友，是什么东西？"

"噢，还没介绍你们认识呢。"徐栖高兴地打开卧室门，我和猫跟了进去。虽然还是同一个房间，但和我住的时候已经全然不同。床铺得整整齐齐，被子卷成筒状，衣柜里挂着三四件连帽套头卫衣、三四件圆领毛衣、三四条灯芯绒裤子，左边书架上的书按从小到大的顺序排列整齐。窗下是书桌，正中放着一台笔记本电脑，笔记本电脑正中放着一本笔记本，笔记本正中放着一只手机，手机正中放着手机充电器。这几样东西叠罗汉似的叠成一个金字塔，金字塔旁是卷得规规矩矩的手机充电线和一支笔。在书桌的另一侧，立着一只远眺窗外的鸟。

准确地说，立着的是一具引人注目的鸟类骨骼标本。紧挨标本的墙上挂着一幅画，应该是这只鸟生前的肖像。肖像下面的木台子上用大小不一的树棍搭成了一只复杂精巧的鸟窝。

"这是你搭的鸟窝？你平时下了班就在屋里搭鸟

窝？"我问。

"搭了有三个月，不仅用了树枝，还用了少量草叶编织和黏土固定的方法。"他自豪地说。

我青着脸看了看他，又看了看眼前的骨架。

"这是……珍珠鸡？"我在荷叶鸡和糯米鸡之间犹豫半天，终于想起了一个真正属于鸟类的名字。

"这是渡渡鸟。"

"哦。"

"毛里求斯岛上的一种鸟类，已经灭绝几百年了。"

"那算文物吧？"

"算标本。虽然入境的时候有点儿麻烦，好在是按科研项目申报的，顺利带回了国。"

我景仰地看了看变成文物的珍珠鸡，又看了看它身后墙上的画像。

"这遗像……"

"这是复原图。"

"……挺漂亮的。"

"下次我给你和灰灰画一张。"他露出真诚的笑容。

我和鸟学家的对话再次以我无言以对告终。总之，这就是灰猫去而复返并且暂时与我们一起生活的过程。

正因为猫带来的奇异世界，我们对生活的心态发生了变化，许多之前觉得理所当然的事情，都打破了既定的界限。徐栖赶在被辞退之前主动辞掉了工作，我也没有再想过找工作的事。尽管经济上朝不保夕，却一点儿也没有回到过去轨迹中的念头。

不久之后徐栖告诉我，他已经在郊区靠近水库的地方联系了一处小屋，打算去那里住一段时间，观测鸟类的越冬情况。

"你打算自己去做鸟研究？"我感到不可思议。

"鸟类研究。"他强调。

"我就是这个意思。"我说。

"反正比研究人类容易。"他心有余悸地说，"而且一旦离开小隔间，就再也不想回去了。"

谁说不是呢。我躺在豆包沙发上再次潜身寻找地下的熔岩，整个岩层都消失不见了，旷野一望无际，只有阵阵微风吹过。

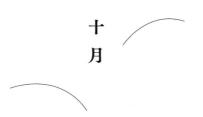

十
月

寻找婴语者

一

自从徐栖养了猫——按灰猫的理解是"允许人类和它住在一起"——之后，我就告别了随心所欲的舒服日子。只要哪天它醒得早而徐栖又没起床，这家伙就会跳上沙发踩着我的胸口，甩过来一个毛茸茸的耳光。

"喂，放饭啦。"

要么就是："去，扫厕所。"

我怒不可遏地把它推开，指着里屋："你叫他啊！"

"叫他还得敲门，叫你多方便。"它一副理所当然的样子。

我能有什么办法？又不能问它要房租。

如果说中秋那晚灰猫为了蒙骗我们当靶子，刻意显出彬彬有礼、端庄大方的假象，那么住在一起之后这家伙简直原形毕露。一天中的大部分时候它都无所事事地躺在窗前晒太阳，有时候消失两三个小时，问它去了哪儿，说是到楼下做了个按摩。

"生活压力这么大，我得注意保养身体。"这是它的原话。

灰猫劣迹斑斑，最让人深恶痛绝的是它喜欢霸占电脑这一点。只要我埋头打字，它就会踏着节拍缓缓路过，四条腿轮流在键盘上踩一遍。要是我抬起双手给它让路，它还会得寸进尺地原地转向，尾巴一卷，屁股一沉，稳坐如山。

"让开。"我想把它从键盘上推开，但十多斤的身体纹丝不动。

它拢拢两只前爪，后腿一歪就势卧倒，眼睛眯成一条，看着电脑屏幕上写了一半的小说。

"这么多字，能卖多少钱？"它问。

"一顿火锅。"我说。

它吃惊地抖了抖耳朵："人类的文字真是不值钱。"

"买饭不够，买你够了。"我说。

那阵子我以灰猫为原型，写了一些发生在我们城市中的精怪故事，在网络上颇受欢迎。读者纷纷问我到底是胡诌还是真的，有人提供了一些他们知道的关于精怪的线索，还有人问起精怪商铺的具体营业地址。对于这些邮件，我只能一律已读不回。毕竟，如果谎称这些事只是我的异想天开，未免对它们不敬，也有违真相；如果照实回答，又担心给它们带来麻烦，一怒之下消失不见也大有可能。它们隐身闹市的本领那么高超，想要藏身在足有千万人口的大城市易如反掌。

"怎么办？你是研究动物的，你说。"我问徐栖。

"很难讲。人的性格各不相同，动物也是一样。有的种类也许不高兴，有的种类也许很乐意。但如果人们知道自己身边生活着这么多精怪，甚至每天和自己打交道的人也是精怪变的，他们会开心不少。毕竟，大多数人整天不开心就是因为他们生活在人类的世界里。"徐栖用长筷子拨着开水锅里的面条，在灰猫的碗底扣了一个荷包蛋。荷包蛋黄澄澄、香喷喷，等在一旁的灰猫伸出舌头舔舔三瓣嘴，一副百爪挠心的模样。

"当然了，这个事还是以当事猫的意见为准。"徐栖把煮好的面条滑进灰猫碗里，灰猫立刻抄起筷子扒拉起来。它嘴里塞满面条，根本顾不上我和徐栖的深思熟虑，十分敷衍地挥了挥爪子："哎呀随便写随便写，如果三流编剧赚到稿费，我也可以改善一下伙食，免得顿顿吃面条。"

不久之后，徐栖搬去郊区观测鸟类，我接了一份临时的活计，跟剧组去了外地。等我再次回到北京，已经是一个月之后的事了。

火车抵达北京时是晚上，夜以继日的工作令我十分疲惫，决心到家后什么也不管，昏天黑地睡上二十个小时再说。不幸的是，因为离开时忘了关窗户，一场秋雨扫荡了房间，书本、纸张吹得满地都是，窗下的单人沙发床上，被褥全部湿透了。

我本想在附近找一家旅馆，但又实在拿不出多余的钱。这一趟工作运气不好，发薪日的前两天制片人突然失踪，说好的报酬也没了下落。好在徐栖曾经未雨绸缪，提出各自放五百块钱在家里，不到紧急关头不能动用。我从沙发下面的角落里拖出灰扑扑的猫窝，伸手进夹层摸索。果然，我的五百块分文未动，他的也还在。

我拨通了徐栖的电话。这一个多月，我们谁也没联系过谁。电话很快接了起来，那边传来徐栖精神奕奕的声音："我正在研究加拿大鹅的迁徙路线，鸟类真是记忆力超群！你回来了？工作怎么样？"

　　"老样子。"我敷衍道，"我打过来是想告诉你，你留在猫窝里的五百块还在。"

　　"噢！搬过来的时候忘记拿了。"他高兴地说，"真是好消息，天降巨款。"

　　"那个……我最近经济上比较困难……"我硬着头皮开口。借钱这种事，确实是难。没想到他立刻接过话头："要不要我借你一点儿？我有。"

　　"你有？"这不可能。

　　"我有。"他肯定地说。

　　"多少？"

　　"七百。"

　　"这……"

　　"算上你刚告诉我的五百，正好七百。"他的声音愉快极了。

　　"那你手头只有两百了啊！"岂不是比我还穷？这时，话筒里传来一阵窸窸窣窣的摩擦声，一个懒洋洋的声音传了过来："喂，三流编剧，有没有收到我的信啊？"

是灰猫。我眼前浮现出它毛茸茸的圆脸蹭上手机话筒的情景。用摄像师的行话来说，它的脸型应该属于长宽比为 16:9 的宽屏脸。

"信？什么信？"和一只猫打电话的事实总让我觉得奇怪。

"没有收到？怎么可能，信鸦从不出错。"它的声音严肃起来，"你好好找找。"

我扫一眼门缝附近，并没有发现什么快递信封。

"一封信，一封信！我让信鸦带给你的一封非常重要的信！"话筒那边传来它用爪子刨地的不耐烦的声音。徐栖的声音也传了过来："信鸦就是会送信的乌鸦，信是拴在它脚上的小纸卷，比较小。"

好吧，小纸卷。我趴到窗户附近的地上找了好一阵，终于在那堆被吹得七零八落的稿纸当中发现了一个铜管装着的小纸卷。

"这么点儿大，谁会注意到？"我抱怨道，"有什么事打电话就好了，干什么还送信？"

"真的收到了！"徐栖惊喜地说，"灰猫说信鸦方向感很强，即使在钢筋水泥的城市里也可以把东西准确送达，所以我们试了试让信鸦给人类送信。"

"我说嘛，信鸦说你窗户生了锈，它好不容易才推开，肯定送到了的。"灰猫松了口气。

这么说，我并没有忘记关窗户啊！家里遭殃，都是托这个胖子的福。

"行了，我继续睡了。"猫在电话那头打了个巨大的呵欠，"真是为你们人类操碎了心。"

我展开那张小纸条，上面果然写着一行笔画极细的字，是徐栖的笔迹。信的右下方摁了一只猫爪印作为签名。

我反复看了好几遍，最终不得不承认这封"非常重要的信"上面写的是这样一句话：

"试试能不能收到。"

有什么办法？你既不能和一只猫较真，也没法和一个鸟学家讲理，最多只能带着他的巨额存款下楼买被子。

天气很冷，附近只有一家烟酒店还开着，看店的小姑娘睡眼惺忪。为了让自己显得不那么傻，我先买了包烟，然后装作若无其事地说："再来床被子。"

小姑娘的手原本已经伸向了打火机，听到我的话，吃惊地抬起头来："什么？你说杯子？"

"不是杯子，是被子。"我无奈地说。

她顿时睁大眼睛，好像瞌睡都跑光了，大声把她姑妈喊了出来。

"你买被子？两百。"姑妈说。

"厚吗？"我问。

"比床还厚。"姑妈回答。

我掏钱放在柜台上，她立刻搬过楼梯，从最顶端的货柜上拖下来一床巨大的被子，塑料外罩上落满灰尘。小姑娘吃惊地看着这一切，看来她确实不知道店里还有一床被子可以卖。

等我抱着被子回到家，在地板上收拾出一个铺位，已经过了夜里十二点。我爬进蓬松的新被子里，把自己埋进枕头，打算就此长眠。然后，枕头下面的手机发出一声叹息，这是收到信件的提示音。不管。不会有什么重要的事。我翻了个身。手机又是一声叹息。我只得翻了回来。苍天啊！不看一眼到底是什么，今晚是睡不着觉的。我咬牙切齿地拖出手机，是来自同一个陌生人的私信。

你好，

我在网上看到你写的精怪故事，非常惊讶。别人可能以为是小说，但我知道是真事。

两年前我遇到类似事情，生活因此被彻底改变，至今还有难题无法解决。我没法同别人说，甚至不能告诉我太太。我以为只能永远带着这个秘密遗憾下去，直到看到你的帖子，才知道还有一线希望。

我不知道你是通过什么渠道和精怪们建立联系的，你们是不是有什么合作关系？不知道是否可以见面详谈？

如果你愿意帮忙，我十分感激，一定礼金酬谢。

盼复

紧接着是第二封。

你好，刚刚有点紧张，忘了提供我的信息，请不要误解，我不是骗子。附件里是我的工作证，你可以看下。见面的地点由你决定，你可以选择人多、熟悉的地方。谢谢。

邮件末尾附上了他的联系方式，附件里果然有张工卡的照片。我本没打算理会这种恶作剧，但"礼金酬谢"四个字让我有些动摇。也可能是某种新型诈骗？那不会用这么朴实的照片，再说我也没有什么值得被骗的东西。从头读了两遍之后，我给对方回了信：

　　　　你好，请在周一下午 2 点钟，大望路提灯咖啡三楼见面。我在靠窗有绿色灯罩台灯的桌子。

　　从对方提供的工卡来看，这位张先生年龄三十多岁，在一家小公司上班，圆脸，头发有些稀疏。星期一下午从公司请假出来的中年男性，大概不会只是为了恶作剧吧，我想。

　　约在提灯咖啡见面最主要的原因是这里提供免费的冷热饮用水，即使不买咖啡也没人过问。不过，咖啡馆三楼并没有我信中所形容的桌子。三楼用的是吊灯，有绿色灯罩台灯的桌子在二楼。从二楼这个座位，可以清楚地看到从楼梯上下三楼的客人。

　　两点差点儿的时候，几个年轻姑娘上了三楼，又过了几分钟，一个中等个子、穿厚夹克衫的圆脸中年男人一面东张西望，一面上了楼梯。这人正是照片上的张先生，不过头发更少些。看得出他并不经常光顾咖啡馆，店里五光十色、造型夸张的几十种灯饰令他吃惊不小。他也不是有健身习惯的职场达人，还没爬到三楼就停下来喘了好几次。没有拿包，要么是放在了车里，要么是不得不把包留在工位上伪装，以免被同事和上司发现上班时间开溜。咖啡馆窗下停的都是好车，看来，他也不是开车来的。

接下来的几分钟，没有人再往楼上走。两点零五分，我上到三楼，那个男人正拘谨地站在靠窗的位置，茫然四顾，试图寻找一张并不存在的桌子。

一个谨小慎微的工薪族，没什么危险。我想。

"请问，您是张先生吗？"我问。

圆脸男人立刻回过头，两只茫然的眼睛从镜片后面看着我，语气中夹杂着紧张和高兴："是我是我，你好你好。"

"抱歉，我邮件写错了，应该是二楼。"我说。

"没关系，没关系。"他连忙摆手。

我们在桌子旁边坐下，为了避免他就我写的精怪们的事问来问去，我单刀直入地问："您在邮件里提到的事，可以说了吗？"

估计没想到我连寒暄也没有，他尴尬了几秒钟，脸上浮现出腼腆的神色，然后下了决心似的说："当然，我趁午休时间从单位溜出来，转了两趟地铁，就是为了和您说这件事。"

他把工卡掏出来放在桌上，证明自己不是胡诌，然后端起杯子喝了一口，慢慢说道："我在望京那边一家担保公司上班，太太在清河附近一家民办幼儿园当老师。她的工作很辛苦，每天很早就要到园里打扫教室、接小孩子入园，为了她上班方便，我们把家安在幼儿园附近，我每天在清河、望京之间往返。奥森就在我上下班的必经之路上，不过，我每天早出晚归，周末只想在家休息，一次也没有进去过。"

从清河到望京，往返得有四十公里了，我在心里默默计算。

"一年前的秋天，有一天我偶然提前下班，路过奥森的时候突然想要进去转转。天气非常好，树叶五颜六色，不少大人领着孩子在玩。我这才知道奥森里面有好几个非常高级的儿童乐园，有的有树屋，有的有城堡，还有的可以攀岩、爬树、走独木桥，外面挂的广告都是中英文双语的，写着'国际化教育理念的亲子活动基地'之类的词。说实话，在我们家乡根本没有这么高端的儿童乐园，我太太工作的幼儿园条件也很一般，我完全没想到现在小孩子已经有这么好的地方玩了。不仅如此，他们用的东西我也很陌生，可以折叠变形、升高降低的婴儿车，造型复杂的瓶子、杯子、罐子，和袜子连在一起的外套，放在嘴里咬的塑料香蕉，特制的零食……总之都很讲究。我在旁边的长椅上坐了一会儿，觉得每个小孩子都很快乐，由家人和保姆，甚至菲佣，陪着，什么也不缺，什么也不愁。"

我不动声色地听他叙述，一边在心里推测他到底想说什么。那一带是城里的富人区，紧挨森林公园的几个楼盘都是豪宅，这些家庭的孩子自然条件优越。

"不过，只有一个小孩子例外。说不上他从哪儿出现的，好像是树屋后面，又好像是小卖部旁边。那是个胖胖的圆脸小男孩，穿着一件鼓鼓囊囊的金黄色羽绒服，书包耷拉在胳膊上。他没有大人陪，也没有和小伙伴一起，就这么孤零零的一个人，垂头丧气地踢着石子往前走。尽管附近孩子很多，但我一眼就看到了他。

"我心想，要么是为了考试没考好之类的事情发愁，要么就是因为挨了批评而逃学。他从我旁边经过的时候，我无意间看到一截橘红色的水枪枪管从没扣严实的书包里冒了出来。不仅如此，书包拉链随着他一摇一晃的步子越张越大，很快，一个海洋球从里面掉了出来，然后是第二个、第三个。他一边走，就一边往下掉海洋球。我忍不住叫住他说，小朋友，你的玩具掉了。你说，上学时间，背着一书包玩具，是不是挺奇怪的？"张先生看着我。

"有点儿。"我点点头。

听到张先生的提醒，小男孩连忙回头去捡海洋球。不过他刚一弯腰，就有更多的海洋球从书包上方倒了出来。哗的一声，地上全都是五颜六色的海洋球。这下，张先生也不能坐视不管，赶紧从椅子上起来帮忙。

两个人手忙脚乱地捡海洋球。张先生注意到，小男孩的书包里除了一大堆海洋球和一支水枪，还有潜水镜、泳裤、一卷绳子、一只橡皮小鸭子、一套儿童餐具和一个大纸盒子。

"我问他盒子里面装的是什么，他说是充气滑梯。

我忍不住说，这么冷的天，你还要去水上乐园？没想到，被我这样一问，小男孩忽然瘪了嘴，马上就要哭。他忍着眼泪，鼻子红红的，又委屈又生气地说，本来要去的，现在去不成了。说着，他把书包往肩上一甩，头也不回地走了。"张先生说。

听到这里，我大概盘算出了下文。大冷天还喜欢玩水，准备了一大堆海洋球的小胖子，应该是水獭？森林公园有湖，有河，还有湿地，芦苇荡里藏着几只水獭倒是不奇怪。

二

"要是我猜得没错，这个小男生应该有一对大门牙？"我说。

"门牙？"张先生在回忆里搜索一番，坚定地摇摇头，"不，没有大门牙。脸上有几颗很浅的雀斑，不挨近了看不出来。"

我本以为自己料事如神，没想到出师不利，险些闹了笑话。好在对方全没在意。

"您继续。"我说。

"本来事情就这样结束了，但小男孩走了以后，我觉得很不放心。上学时间不去学校，要说秋游的话又没见到其他的老师同学。像他这么大的小孩，应该有家长接送、时刻盯着才对，就这样一个人在外面闲晃，很危险的啊！更何况我们旁边就是一个大湖，小家伙带着这么多玩水的玩具，如果不知深浅地跑到湖里去了，怎么办？我越想越不放心，赶紧往他离开的方向跟了过去。"张先生说。

　　小胖子走的是湖边小路，没多远就拐进了树林。森林公园植被茂盛，林间小路错综复杂，张先生很快晕头转向。四周静悄悄的，只有鸟在高大的乔木间扑动翅膀的声响。他盲目地绕了几个圈，听到灌木丛深处传来人声，便循声而往。树丛尽头是一片茂密的银杏林，明黄的树叶厚实地铺满地面，秋阳如金。在一片碎金当中，围坐着一圈拳头大小的……东西。

　　"东西？"我疑惑地看着对面的人。

　　"实在没有更合适的词来总结，因为它们根本就不属于同一类啊！"张先生解释道，"我记得有一个烧麦，一只饺子，一个西瓜，两个糖耳朵，一颗葡萄，一个毛豆，一颗板栗，一个洋葱，一个土豆，一个麻团儿，一块面包，一颗草莓……总之，就是很多人！"

"人？"我更摸不着头脑了，"按您刚刚的说法，应该是地上有一大堆食物？"

"不不不，虽然烧麦就是烧麦，洋葱就是洋葱，但你能明白地知道它们不只是烧麦和洋葱，而是一个个的人。噢！对对对，应该说是精灵？妖怪？"张先生着急地说，"您是不是不相信？我说的都是真的。"

"不要着急。虽然我写得比较多的是和动物相关的事，但食物里住着精魂的故事也听过一些。您讲下去好了。"我说。

他松了口气，接着说："我也觉得难以置信，而且多少有些害怕，于是蹲下来躲在灌木后面。好在它们忙着议论什么，谁也没注意到我。"

七嘴八舌的小东西们当中，嗓门最大的是板栗。它双手叉腰，气呼呼地说："我要去的那家，男人类只知道打电子游戏。哼，我去了之后，一定让他白天晚上睡觉的工夫都没有！"

"你真的要去那家吗？我听说这样的男人类没什么用，既不懂把我们喂饱也不懂照顾我们，去了以后会很倒霉的。"葡萄担忧地说。

"那有什么办法？抽签抽中了就不能改，何况天下人类一般呆。"板栗说。

"我运气不错，抽中的那家，女人类是个全职太太。我打算去了之后成天跟她挨在一块儿，白天晚上都挤在一起，有说不完的话。"洋葱得意地说。

"真不错，我也想要去这样的人类家。"面包羡慕地说，"我抽中的女人类是个老师，她会不会叫我背唐诗、做算术题？那可有点儿糟糕，我脑袋里都是豆沙。"

"不会吧，我们比人类聪明那么多。"土豆说。

"可是他们不知道呀！他们总以为自己最聪明，经常听不进我们的意见，还非让我们听话。"西瓜说。

"我抽中了一个艺术家，据说这家的女人类会画故事书，男人类会做木头小火车，真是太棒了，好想现在就去。"毛豆说。

"我听说艺术家买不起纸尿裤。"洋葱说。

毛豆皱起了眉头："我会亲自让他们意识到纸尿裤的重要性的。"

"我抽中的这家很有钱，女人类有一家大公司，到时候我应该可以匀一些纸尿裤给你。"饺子对毛豆说。

"听说有的女人类因为忙着工作，一出医院就把我们交给老年人类，不知道是不是真的？"苹果怯生生地问。

"有这种事？女人类不在的话，吃的从哪儿来？"饺子吓了一跳。

"据说他们会给你一个玻璃桶，里面装着一些给牛喝的东西。"苹果说。

"而且老年人类会给我们穿很多很多衣服。"橙子说。

大家发出了惊恐的声音。

"没关系，我觉得我们可以和女人类一起去工作，这样就不用和老年人类留在家里、喝牛喝的东西了。"草莓说。

"有道理。"大家纷纷表示同意，"我们一定不会把女人类撇下的。"

这时，天空中传来咕咕咕的鸟叫声，一只威风凛凛的猫头鹰降落在林间空地上。它一登场，之前那些叽叽喳喳的议论都停了下来。

"大家都到齐了？我们现在开会。我先讲讲相关文件。"猫头鹰清清嗓子，从腋下掏出一副眼镜戴上，又从另一边腋下掏出一卷纸。它的一只翅膀上有一圈暗红的花纹，看起来就像居委会戴袖章的老太太。

"下面传达：关于成为人类幼崽的行动指南——

第一条，随身携带装备包，紧跟行动对象，人类一行动，大家就跟上；

第二条，进入恒温泳池后，第一时间用绳子把自己和女人类拴在一起；

第三条，正确选择成为人类后的基本特征，一般来讲，'眼睛'要选'大'，'头发'要选'多'，'肤色'要选'白'，属性要选'萌'——记不住也没关系，可以按照'像爸爸'或者'像妈妈'来选；

第四条，如果女人类吃了你喜欢的，踢踢左脚，如果女人类吃了你不喜欢的，踢踢右脚；

第五条，无聊的时候可以吃手，不要玩绳子；

第六条，感到游泳池变挤，请及时将头朝向门口，拿好行李物品，准备正式登陆人类世界；

第七条，如果还没来得及完成第六条就眼前

一亮，请调整心态，等着被两只大手揪出来。

离开游泳池之后，你们会发现自己在一个非常亮的白屋子里，周围都是人类。很快你会被放在其中一个躺着的人类肚皮上，并且发现嘴边有一个巨大的、软软的、香香的东西。不要犹豫，那是吃的。"

猫头鹰一口气念了一大段，下面一片忙着记录的纸笔声。

"进入人类的家庭以后，你们会和男人类、女人类生活在一起。他们被叫做爸爸和妈妈。大家要记住，第一，哭能解决一切问题。凡是打针、洗澡、洗头、换衣服、换纸尿裤、无聊了、困了饿了累了，都应该哭。第二，妈妈是最好的人类，最好随时紧挨妈妈，爸爸使用起来有一点儿风险，注意保持警惕，尤其不能让爸爸靠近妈妈，妈妈是你们自己的。我们现在发放《爸爸妈妈使用手册》，大家散会之后自行学习。"

说着，猫头鹰掏出一叠宣传小册子，挨个发放。走到麻团身边时，它摘下眼镜，露出惊讶的神色。

"咦，你不是已经出发了吗？怎么还在这儿？"

坐在角落里的麻团原本一声不吭，被猫头鹰这么一说，在场的精灵们纷纷把脸扭过去看它。麻团低下头，嘟囔着小声说："我才不要去。"

瞬间炸开了锅似的，大家七嘴八舌地围了过来。

"你不是很喜欢那家人吗？每天都溜去看那个女人类。"

"你说她会唱歌、讲故事、做游戏，还有一只好听的手风琴。"

"对呀，你还说她头发软软，眉毛弯弯，被她抱在怀里一定很舒服。"

"没错，你不是已经准备了去游泳池要用的东西？听说你还买了很多海洋球！"

"我听说你还买了充气滑梯！"

被围在中间的麻团忍不住哭了起来："买什么也没用，我去不成了！不能在恒温泳池里玩小鸭子，也不能从充气滑梯上滑进海洋球堆了！"

"到底发生了什么？不会是……"饺子想到了可怕的事情，捂住了嘴。

大家也想到了可怕的事情，一齐倒吸一口气，纷纷伸出手捂住了嘴。

麻团抽抽搭搭地说："这几天去看女人类拉手风琴

的时候，就觉得她有些不开心，我以为没什么大不了的，没想到今天一早，就收到了中止行动的紧急通知。"

猫头鹰叹了口气，伸出一只翅膀拍了拍麻团的肩膀："这种不幸的事情确实偶尔发生，不要紧，下次抽签还有机会。"

麻团拼命摇摇头，推开猫头鹰的翅膀，大声嚷道："我才不要抽签，我再也不要做人类了！我要做一个云，一个马，一块石头，什么都行，总之，就是不要人类。人类，最讨厌了！"

说着，麻团奋力从精怪们的包围圈里冲了出来，眼泪也顾不上擦，飞一般地跑掉了。

"它本来是背对我坐着的，转过身来，我才见着了它的正脸——一个白白胖胖的脸蛋，上面撒着几颗芝麻小雀斑，身上穿一件鼓鼓囊囊的金黄色羽绒服……"张先生喃喃地说。

"啊！是那个背书包的小胖子！"我喊道。

"没错。我也大吃一惊，噌一下就站了起来。那些小东西们吓了一跳，又叫又闹，四处乱跑。只有猫头鹰临危不乱，翅膀用力一扑，扇起地上的银杏树叶，只一眨眼的工夫，大家就全部消失不见了。我想起要去追那个小男孩，哪里还追得到。"张先生说。

他的思绪停留在故事里的时刻，两只手紧紧握住玻璃水杯，指尖因为过于用力有些发白。沉默片刻，他声音低沉地说："在短短的几分钟里，我全都明白了过来，但是我太太的电话已经无人接听了。我赶紧往医院跑，这辈子从来没跑那么快过。现在，我们的孩子快要一岁了。"

最后这几句话听得我一头雾水，完全没明白怎么回事。他看出了我的疑惑。

"您看起来很年轻，估计还没有孩子？"他问。

我摇摇头，不仅没有小孩子，连女朋友都没有。他叹息，移开视线，望向远处的什么地方。

"一年前那个时候，我太太怀孕了。她在幼儿园工作，非常喜欢小孩，但那时候我们的生活很困难，每个月挣的钱，房租就要占去大头，自己存钱买房子更是想也不敢想。孩子一旦出生，家人要来照顾，我们势必得租更大的房子，还要买奶粉、尿不湿、衣服、玩具。不仅如此，我和我太太都没有本地户籍，以后孩子上幼儿园、学校，都成问题。所以，再三考虑之后，我们只能忍痛决定先不要这个孩子。我太太非常难过，我也痛恨自己的无能，然而，我实在不愿意让自己的孩子出生以后过着辛苦的生活。既然不能让他过得比他的父母好，又为什么要把他生出来呢？

"然而，我太太非常不舍，一直拖延去医院的时间。很快就要三个月了，再往后手术就很困难，我太太只好和医院约了时间，而我，就在那天下午请假去医院陪她。是的……那天并不是偶然提前下班，是特意请的假，去完成这件事。

"虽然做了理智的决定，但并不意味着我愿意面对即将到来的事实。于是在路过森林公园的时候，我走了进去——也许是为了拖延时间，也许是因为我曾经多次看到大人们领着孩子走进这个公园。我想看看，那些养得起孩子的幸福家庭是什么样子的。

"后面的事，您都知道了。当听到'她有一只手风琴'的时候，我就惊醒似的想到了我太太，她就有一架手风琴，上音乐课的时候用。当小男孩说'早上收到紧急通知'，我就立刻想到我太太正是早晨去医院约的时间。我匆忙给我太太打电话，让她一定不要做手术。可是电话没有人接听，大概已经随衣物寄存，准备手术了。

"我赶到医院，已经过了预定的时间。我心想一切都来不及了。没想到我在走廊上看见了我太太，她一见我就哭了起来。她说，刚刚的术前检查，她从胎心仪里听到孩子的心跳，最后关头，放弃了手术。

　　"我们就这样回了家。半年之后，我们的儿子出生了。第一眼我就确定，这就是他。"说到这里，张先生脸上第一次出现了淡淡的笑意。他打开手机相册，递到我面前，果然，一个白白胖胖的圆脸男孩，脸颊上还有几颗淡淡的雀斑。

　　"孩子出生以后，健康活泼，全家都很喜爱。不过，无论谁都说他是个非常难哄的孩子，经常一副怒气冲冲的样子，动不动就拳打脚踢，有时候睡着了还攥着拳头，只有在他妈妈面前乖巧可爱，片刻也不肯分开。大家都奇怪孩子的这些表现，只有我心里清楚：他还在生我们的气，害怕被我们再次抛弃。我太太常说，婴儿期的记忆虽然长大后会被遗忘，实际上却会在人心中储存一辈子，影响人的一生。我非常不希望我的孩子认为自己是一个不受父母欢迎的人，因此，我希望您能帮我这个忙。"张先生说。

　　我正投入而感慨地听他说话，突然被要求帮忙，一时茫然。

"我? 我一点儿对付小孩子的经验也没有啊。"我说。

"自然不需要您照顾孩子。老人们都说，不满一岁的孩子其实记得前世的事，只是他们说的是婴儿语言，我们听不懂，我们说的是成人的语言，他们也听不懂。当孩子年龄越大，越能听懂成年人的话，他们自己独有的沟通方式和记忆就越衰退。也就是说，如果等到他能理解我的语言的时候，由我向他亲自道歉，已经起不到什么作用了。他八成已经忘了自己是个小精灵时候的事情，'不受欢迎'这个印象也将永远留在他的内心深处。只有现在，在他还不懂语言的时候，向他把那件事解释清楚，才有效果。"

"就算如此，但要怎么样才能跟一个婴儿把话说明白呢？"这太不可思议了。

"是啊，这就是难的地方。看着他一天天长大，我的希望也越来越渺茫，因此才非常希望和您见面，如果有谁能够帮忙的话，只有您了。"

"我理解您的心情，可是我也不知道该怎么办才好，我从没听说过谁会讲婴儿的语言。"我抱歉地说，"况且，即使我们真的找到了会说婴儿语言的人，您打算跟孩子说什么呢？毕竟那件事是存在的，虽然您不得已为之，但无论怎么解释，孩子还是会难过的吧。"

"这个问题我已经想好了。"他低下头，用几乎听不见的声音吞吞吐吐地说道，"就说，我，我……爸爸爱他。"

说完最后几个字，他的头已经低到桌子下面去了。有一阵子，我们谁也没说话。

"留个电话给我，一旦有消息，我和您联系。"我说。

三

我住的地方是破旧的老城区，四周都是待拆的大杂院，一到冬天，到处萧条景象，只有南边一家美廉美超市算得上热闹，常年挤满附近的老头老太。我虽然不是第一次进这家超市，却是第一次站在卖婴儿用品的货柜前，对着不同样式的痱子粉咬牙切齿。

眼看都要冬天了，我，一个成年男性，在超市买痱子粉。

我怀疑这是灰猫故意捉弄我的法子。

那天和张先生见面后，我很快给徐栖打了电话，问灰猫有没有什么办法。灰猫大为惊讶："你什么时候关心起人类幼崽来了？"

"我虽然没资格养小孩，但能让有小孩的家庭过得好一点儿，不也很好吗？"

对我来说，小孩子就像某种不可触碰的美好事物，神圣但遥不可及。正因为他们拥有救赎我们的魔法，我们更不能自私地为了获得救赎而草率地将他们带到这世界。当然，这只是我这样的失败者的想法，总还有许多勇敢的人，努力地在过自己的生活。虽然我的生活一团糟，但总归希望别人的能好一些。

灰猫显然不在乎这些，它毫不犹豫地问："对方给多少钱？"

"给了一千定金。"我说。

"五五分成。"它飞快地说。

"八字还没一撇呢！上哪儿去找一个既能听懂成人语言又会说婴儿语言的人啊！"我说。

"这你就别管了。晚些我给你一张清单，你按上面写的把东西准备好。我和徐栖也要做些准备。"灰猫胸有成竹地说。

"还有我的份？"徐栖雀跃的声音传了过来。真不知道他的雀跃是从哪儿来的。

　　第二天晚上，信鸦再次光顾。我正在窗口抽烟，想些不着调的事情，一阵翅膀扑棱的声音吓了我一跳。

　　那是一只体态矫健、神情锐利的大鸟，全身漆黑，羽毛油亮，只有鸟嘴是鲜艳的红色。在屋里傲慢地环视一圈后，它熟练地低头从腿上摘下一枚铜管，扔进我刚倒满热水的杯子里。眨眼工夫，它又转身滑进夜色当中。

　　我赶紧从滚烫的水杯里把铜管打捞出来，好在防水还不错，纸条没有打湿。

　　　在三天内准备好：

　　　一块 1 米 ×1 米的结实布料

　　　一盒婴儿爽身粉

　　　一根上好的新鲜棒骨

　　　两双雨鞋

　　　挪威三文鱼配南极磷虾罐头

　　和上次一样，信是徐栖的笔迹，右下角有灰猫爪印签名。前面几样东西如何使用我不知道，最后一项倒是再清楚不过。为什么会有人喜欢猫呢！这种动物简直令人发指。

最后，我买了一块桌布、两双雨鞋、一根棒骨、一盒比较贵的爽身粉、超市里最便宜的妙鲜包。

"东西买齐了，接下来怎么办？"我再次拨通徐栖的电话，那头传来轻微的噼里啪啦的声响，还夹杂着呼啸的北风。

"你们在哪儿？"我狐疑地问。

"啊，我们正在烧火烤地瓜！"徐栖兴高采烈地说，"木柴烤的，相当不错！"

"烤地瓜做什么？"我感到头痛。

"灰猫说，在冰天雪地里用松枝烤出来的地瓜，磨成粉末，再炮制一番，就能拥有使人类沉睡的能力。"徐栖说。

"猫的话你也信？"我头更痛了。

"喂喂，三流编剧，没有我，这单买卖你弄得到钱？"电话那头传来灰猫自我陶醉的声音，"你跟那个当爹的人类说，我们作法是很秘密的，不能有其他人在场。你让他找个只有他和他的麻团儿子在家的时间，我们过去把事儿给办了。"

时间定在周五晚上。张先生的妻子正好出差，周六一早才回家。虽然我在电话里表示"已经安排好，不会有问题"，实际上我连安排是什么都不知道。

"周五晚上十点钟，你家会合。"灰猫只说了这么一句。

周五白天我连着见了两家影视公司的人，并没有谋到什么差事，到家时已经晚上九点多钟。我打开房门，差一点儿吓得退了出去。

窗户开着，椅子上坐着一个女人，两条腿搭在书桌上，手里拿着几张我的稿纸。屋里漆黑一片，她好像并不需要开灯就能阅读，也完全没有理会我的到来。扫一眼四周，没有其他人在，摸一下门锁，也没有被破坏的迹象。我定定神，打开壁灯。

短发，瘦但有力，穿一件黑色风雨衣，长裤和靴子也是黑的。如果不是因为她坐在窗前，我刚刚根本不可能发现她。

"你好？"我试探着打了个招呼。

她转过脸来，两只乌黑的瞳孔正对着我，瞳孔边缘的一圈居然是金色的。我从未直视过这样的眼睛，人类绝不可能有这样的眼睛。她的目光里没有好意，也谈不上敌意，神情中有一种冷漠的好奇和天真的肃杀。

"您哪位？"我问。

"信使。"她说。

"史小姐。"我说。

她不答话了。

"我不姓史，"过了几秒钟，她才开口，"我是信使。"

平时我反应挺快的，但这会儿有点转不过来。她弯下腰，伸手从靴子上取下一枚什么东西，在半空中晃了晃，然后一扬手腕。

"别——"我顿时明白她是谁了，一个健步冲过去，想要摁住她的手。但我没她动作快，叮当一声，那东西准确无误地落进了我的茶杯。

那是一枚细长的铜管，灰猫用来送信的那种。

"知道了吗？"她歪头打量我。

"知道了。只是不知道你也成了精。"我讪讪地从茶杯里捞出铜管，"直接给我不行吗？扔茶杯多不合适。"

"你说不好找。"

"没有的事，别听猫瞎扯。"

"等你们好久，"她把手里的稿纸放到一边，瞟了一眼墙上的时钟，瞳孔的金边恢复了黑色，"也不久，因为看你写的纸，觉得久。"

我听出弦外之音，正想说点什么，她忽然问："对方几个人？"

"啊？"什么几个人？

"七八个的话，徒手就行。"

她面无表情地看着我，语气十分平静，我站在原地，一动不敢动。这是要去打架的意思？天地良心，我完全不知道今晚有这个安排啊！我立刻想到了更为要紧的问题："咱们几个人？"

"咱俩，他俩。"信使回答。

我的心凉了。

楼下传来汽车喇叭声，我把头伸出窗外，远远看到十六楼下面的空地上停着一辆破旧的金杯。

"是他们。"信使说。我拿起灰猫让我准备的那包东西，正要跟她一起下楼，只听见呼啦一声，她就从窗口跃了出去。我只得跟过去把窗户关好，又把房门关了，自己默默进了电梯，按"1"。人类的心脏经不起这种折腾，我要冷静。

徐栖开车，灰猫坐在副驾驶，车子往南城驶去。

"哪儿弄来这么一辆破车？"我问。

"问土拨鼠借的。他们已经储备完过冬的土豆了，暂时用不着车。"徐栖说。

"你什么时候会开车的？"我又问。

"上午。跟土拨鼠学了好几个钟头，实际操作是没什么问题了，只是交规还不熟。"徐栖说。

说话间，他压了两次线，闯了一个灯，并且在不能左转的路上左转了一次。

"不用担心，土拨鼠的车，违章拍不到。"灰猫悠闲地说。

"咱们现在上哪儿去？"我问。

"去找既能听懂人类语言又能听懂婴儿语言的人啊。"灰猫说，"'婴语者'虽然稀少，但并不是没有。"

"还真有这样的人？去哪儿找？"我来了兴趣。

"南区福利院。"灰猫淡淡地说。

"福利院？"我更为惊讶。

"嗯哼。理论上说，人类幼崽虽然曾经是精灵，但出生之后，因为和亲人生活在一起，慢慢地就退掉了精灵的特质，逐渐成为一个人类。只有一种特殊情况例外，那就是福利院的孩子。因为没有亲人的陪伴，他们的一部分永久地停留在了精灵和人类过渡的阶段，他们即能听懂人类的语言，也保留了精灵的语言。"灰猫说。

车里沉默了。灰猫又说："没你们想得那么糟糕。许多在人类看来有缺陷的婴儿，恰恰是精灵能力的携带者。虽然被人类父母遗弃，但精灵们会经常看望他们，他们的世界可不是你们能懂的。"

"那……所以，我们去福利院接一个孩子出来，让他去当翻译？"我问。

"接可没戏，福利院的人类不会把孩子交给我们的。"灰猫说。

"那怎么办？"我问。

"偷啊！"灰猫说，"我的意思是借。"

"也可以抢。"信使忽然开口，吓了我一跳。

"不不不，友谊第一，友谊第一，"灰猫连忙摆手，一个劲叮嘱信使，"今天小场面，不动武。"

车子下了环线，开上一条水泥辅路。周围房屋明显稀疏了，低矮的建筑散乱地分布在撂荒的野地里，路边高大的白杨树上，没掉光的叶子瑟瑟作响。

"就在这儿停，别去正门。"灰猫命令道。

徐栖当机立断一脚刹车，我们争先恐后地向前扑去，灰猫不幸拍在了挡风玻璃上。徐栖低呼一声，连忙把玻璃上的灰猫撕下来抱在怀里。灰猫深吸一口气，擦了把脸，恢复镇定。

外面很冷，马路上没有车声，也没有行人。荒地那边是一幢三层楼高的房子，透过围墙，能看操场上立着的旗杆。

"看到了吗，那就是我们要去的地方。"灰猫跃上徐栖肩头，指指那幢房子，"正门口有保安和报警器，千万不能走；后门是铁门，平时进出送菜送货用的，没有保安，但有一条黑狗。三流编剧，棒骨带来了吗？"

我一呆。

"糟了。"

"你没买？"

"我买了。"

"在哪儿呢？"

"忘冰箱了。"

信使歪过头来打量我，我心里顿时一个寒战，连忙解释："那可是鲜肉！不放冰箱会坏的。"

"没事没事，我这儿还有一些肉包子。"徐栖从外套口袋里掏出一捧皱巴巴的肉包子，猪肉大葱的气味扑鼻而来，"买了当晚饭，还没来得及吃。要是能派上用场就太好了。"

灰猫无奈地点点头。"只有如此了。不过，吃包子比啃骨头容易，这样一来我们通过门口的行动时间至少少了一半。"它看看天上的星月，大致估算了一下时间，"一会儿信使先去铁门那儿探探情况，你们俩换上雨鞋，穿过荒地，用肉包子拖住黑狗，迅速翻过铁门，笔直往前走。进楼以后走右边的楼梯，婴儿室在三楼最右边的房间。注意，婴儿室门口有值班阿姨在，所以进门之前，你们要用吹筒把沉睡粉吹到她身边。这种沉睡粉可以让成年人类马上睡着，凡是人类世界的声音，她都不会听见。不过，婴儿哭声不在此列。"

"什么意思？"我问。

"意思是婴儿一哭，什么都不管用。"灰猫回答。

"那怎么办？我们把婴儿借走再还回来这段时间，婴儿室里一定会有人醒来，这样值班阿姨就会发现有张床空着。”我说。

“所以，我和徐栖的任务就是让所有人类幼崽睡个好觉。”灰猫骄傲地举起爪子，“被沾了爽身粉的猫爪放在额头上，啼哭的婴儿就会重新入睡。”

“所以我们一会儿就负责待在婴儿室里，把醒来的婴儿们一个个摁回去？”徐栖摩拳擦掌，“我眼疾手快，没问题的！”

“沉睡地瓜粉带着吗？”灰猫问。

“带着。”徐栖从另一只口袋里摸出一个纸包，小心翼翼地打开，里面是一些金黄色的粉末，看一眼就让人想到温暖的炉子、厚厚的毯子。

“这是我们花了好几天时间，用烤地瓜磨成的粉末制作的。我们特意在京郊找了一处冻得瓷实的冰瀑，在冰面上烤地瓜。这样制作出来的药粉，才能让人类睡得瓷实。”灰猫说。

“没错，为了制作这些药粉，我们烤了一筐地瓜，我书包里还有几个呢。”徐栖说。

月光照耀荒原，灰猫的目光在我们脸上扫视，像检阅部队的将领。它深吸一口气，正式宣布：“开始行动！”

话音未落，一阵北风吹来，把摊在徐栖手掌上的沉睡粉吹得一干二净。

过了好一会儿，信使才轻轻地问："这种既要智慧又要敏捷的任务，真的有必要叫上人类？"

"现在怎么办？"徐栖紧张地问。灰猫没有回答，它在寒风中蹲成了一尊石雕。

我们换上雨鞋，穿过淤泥遍布的荒地，在墙根旁换回自己的跑鞋。黑狗卧在铁门门口，似乎意识到了陌生的气味，紧盯着树梢上的信使。

我隔着铁栅栏把肉包子滚到黑狗跟前，徐栖顺势爬过了围墙。说实话，我从没想到我文质彬彬的室友如此身手敏捷。紧接着，我也翻了过去，两人一猫飞速跑进了楼里，长舒一口气。

"现在尤其注意走路不要发出声音，明白吗？像我一样。"灰猫轻盈地走了几步。

我们跟在它后面蹑手蹑脚地上了三楼，楼道尽头是一扇画着云朵图案的房门，门外的沙发椅上果然坐着一个烫着卷发的值班阿姨。谢天谢地，她正在打盹，手里织了一半的毛衣垂在一侧，篮子里躺着几个毛线球。

"咱们偷偷过去，速战速决。"我低声叮嘱他俩。然而话才说了一半，灰猫就先行一步蹿了出去，强压着兴奋一声欢呼："看，毛线！"

说时迟那时快，徐栖一个飞身扑了出去，双手摁住了灰猫。

"冷静！想想今晚的任务！"徐栖说。

"想想一千块钱，五五分！"我赶紧补充。

"想想三文鱼和南极磷虾罐头！"徐栖也说。

灰猫咬牙切齿，天人交战，最后用力甩甩头："工作第一，娱乐第二。"

"对，对，工作第一，娱乐第二。"我和徐栖从地上爬起来，贴墙根溜进了婴儿室。

总有一些事情是超出意料之外的，虽然它们合情合理，但实际发生之前，就是怎么也不会想到。我以为溜进这扇又小又旧的门，会看到几个睡得香喷喷的小婴儿，然后我们选一个脾气最好的，用桌布叠成的三角巾仔细包好，交给等在窗台上的信使就大功告成。按计划，信使会带着婴儿飞到张先生家里。

然而，这扇又旧又小的门后，是一间堪比大礼堂规模的屋子。屋里至少有五十张婴儿床，每张床上都躺着一个小婴儿。除此之外，还有三个忙着喂奶、换尿布的年轻护理员。她们无一例外，全都目瞪口呆地看着我们。

"……抱歉，走，错了……"我慢慢往后退。这种情形，还是让其他人上吧。

这时，一个护理员回过神来，大喊："快拉警报！"其余两个人像突然清醒过来似的，冲向墙边的警报器。

我转身就跑，咚地撞在了徐栖身上。只见他捧着几块从书包里掏出来的什么东西，双手一拗，一掰两半，奋力向半空中掷去。

我的天，为什么一个失业科学家会有手榴弹！

"地瓜雷！"他喊道，一把将我拽倒在地，"趴下！"

半空中的地瓜雷发出刺啦刺啦的细微声响，就像新年时小孩子拿在手里的焰火。它们很快变得金灿灿的，哗啦一声，天花板上盛开了两朵明媚的礼花，无数细小的金色粉末洒了下来，浓郁的烤地瓜香味瞬间填满了冷飕飕的屋子。

被一掰两半扔到空中的，竟然是烤地瓜。

徐栖伸手捂住我的鼻子："别呼吸，会睡着的。"

金色的亮光缓缓沉降，从窗口飘出去，落在院子里，从房门飘散出去，弥漫了幽深的走廊。在柔和的星光和食物的香气中，整个福利院都睡了过去。徐栖松开手，我深吸了一口气。

"竟然管用。"他同样一副不可思议的表情。

"有这么厉害的武器，早拿出来就行了啊！"我爬起来拍拍衣服。

"这是制作沉睡粉时多出来的地瓜，做实验的时候半数都是哑炮，灰猫打算改良配方以后再正式使用的。"他说。

"事不宜迟，这玩意儿撑不了多久。"灰猫说，"快把爽身粉打开，我们俩必须保证不让一个人类幼崽哭。"

徐栖打开爽身粉盒子，灰猫四只爪子挨个伸进去蘸了蘸，好像戴上了白手套。我就近抄起一个婴儿，把她塞进布巾。小家伙从迷糊中醒来，眼睛睁开一条细缝，忽然小脸一瘪，张开了巨大的嘴巴。两排粉粉的牙床上，只有上下四个小牙。

原来小孩子哭的时候嘴巴这么大啊！我惊慌地想。哭的声音一定很嘹亮，我的汗毛竖了起来。

一只软软的猫爪噗地拍在了小婴儿的额头正中，一小团细滑的爽身粉轻轻扑了上去。小家伙愣了愣，本来蓄势待发的哭声收了回去，大大的嘴巴变成了一个长长的呵欠。紧接着，眼皮一沉，哼哼唧唧地睡着了。我悬着的心放了下来，赶紧把这个烫手山芋交给信使。

信使把她抱在胸前，系牢三角布巾，金色瞳仁倏地一亮，然后双翅一展，从窗口滑了出去。黑色的身影飞过空无一人的荒地，很快没入夜色之中。

"别发呆了，快去人类家里接应啊！"灰猫被徐栖夹在胳膊下面，在婴儿床的迷宫里折返跑，见谁有要醒来的征兆，就一爪摁下去。

我回到车上，沿五环一路疾驰。午夜的公路人车寥寥，和工作日早晚高峰时判若两城。抵达张先生家时，两个小婴儿正躺在床上聊得眉开眼笑，咿咿呀呀，哼哼啊嘿。毫无疑问，圆圆脸的是张先生的儿子，瓜子脸的是我们"借"来的翻译。

张先生一把握住我的手："真是太神奇了，您带来的这位小神仙什么都听得懂，我跟她把意思一说，她就和我家团团聊上了。现在聊了得有一刻钟，您看，团团从没笑得这么舒坦过！"

张先生坐到床边，伸手轻抚小男孩的头发。小男孩认真地打量了他一会儿，伸出两只胳膊晃了晃。

"啊呀呀呀，他这是让我抱！我儿子肯让我抱了！"他激动地扑过去一把抱起小男孩——实际上，因为低估了小胖子的体重，抱了两次才成功。

我把车开回福利院，徐栖已经等在路边。他左肩上蹲着灰猫，右肩上站着信使，虽然远看只有一个人，近看却有三个脑袋。

"都弄好了？"我问。

"嗯，小朋友放回去了，大人们还在睡，我们趁机溜走。屋子里还有些烤地瓜的气味，应该不会有麻烦。"徐栖爬上车，搓搓冻冰的手，发动了三次才成功点火。

"就不能开个暖气？"我也冷得很。

"别想了，土拨鼠的车哪有暖气，拉货用的。"灰猫在徐栖膝盖上卷成一团，"话说，给了多少尾款？"

"四百，公平起见，一人一张。"我把信封递给它。

"才四百？预付都有一千，尾款才四百？"灰猫瞪圆了眼睛，"我可是玩了半个晚上的打地鼠，累得够呛！三流编剧，你吞了多少？"

"你问她。"我看着信使，信使摇下车窗，面无表情地说了句"我先走了"，嗖一下就从窗户飞了出去。我和徐栖半天没缓过来，灰猫伸出两只前爪，默默摇上了车窗。

"习惯就好。"猫说。

尾款确实不止四百。从张先生家离开之前，他塞给我一个很厚的信封。我还没来得及说谢谢，信使就抢了过去，从里面抽出四张，把剩下的还了回去。

"一人一百，四人四百。"她冷着脸，导致张先生也有点拿不准，以为我们的规矩和人类确实不一样，没敢再坚持，只一个劲道谢。

等下了楼，我忍不住抱怨："那么厚的信封，估计得有一万块钱，一万块钱啊！"

"他要养幼崽。"信使的话很简短。

"那我也得交房租——"真是岂有此理。

"你有几个人？"她冷冷地看着我。

"什么几个人？"我忽然明白了她话里的意思，立刻闭上了嘴。

人家一个能徒手放倒七八个，我能不闭嘴吗？灰猫听完叹了口气，把薄薄的信封扔到一边，在包里七翻八翻。

"算了，钱财乃身外之物，还是挪威三文鱼配南极磷虾靠得住……咦？怎么变成杂牌妙鲜包了？"灰猫咬牙切齿地瞪着我，"三流编剧，从今往后，我和你恩断义绝，再无纠葛。"

徐栖连忙给猫顺毛，一面跟我解释："它最近用我的电脑看了几集 TVB 电视剧，从里面学了点儿台词，你不要放在心上。"

"没关系，我不和胖子计较。"我客气地说。

"当年他们那些个乱七八糟的片场竟然也能拍出这么多电视剧来，没想到。"灰猫一脸老成地说，"盒饭倒是还可以，咖喱鱼丸味道不错。"

"说得你好像吃过似的。"我撇撇嘴。

猫真是装腔作势的动物。它没再说什么，卷成一团在徐栖膝盖上呼呼大睡起来。

我们在寂静空旷的路上开车返回，虽然奔波一夜，并没有觉得多少疲惫。我问徐栖一个人住在荒郊野岭会不会无聊，他的回答是"当然不会"。

"郊外动物很多，人也有意思。前段时间遇到一位在那边做野外的同行，是五道口那边一所大学的杜老师，杜老师对飞行动力学很有研究。我以前从来没从力学的角度思考过鸟类研究，非常有启发……"他滔滔不绝地讲了一路，说一会儿把地址发给我，欢迎我随时去玩。

我们回到市区时已经接近黎明，徐栖把我送回虎坊桥，自己赶回去照看一只瘸腿的鸭子和一只掉了翅膀毛的鹅，并没有上楼。我回到屋里，一切仍是昨晚离开时的模样，窗外晨光淡淡，冬日柔和。不一会儿，手机信息提示声响了起来。

我的地址是密云区密云水库主坝西侧派出所

紧接着又是一条。

旁边的水文气象与生物多样性观测站员工宿舍 10 号楼 502A。（刚刚没写完就被灰灰按了发送键，以后面这个地址为准）

好吧。我是绝对不会到那种地方去的，就算成天混在街上无所事事，也不要离开有便利店的闹市区。毕竟这里才是可以在午夜十二点买到棉被的地方啊！我愉快地钻进比床还厚的被子，不到一秒钟就陷入了熟睡之中。

十一月

心碎的暖气

一

在征得当事人同意的基础上，我把"婴语者"的故事发在了连载网站上，没多久就收到不少邮件，大部分来自初为父母的年轻夫妻。

　　我的孩子闹得厉害，能不能请您来一趟，我们想和他谈谈。
　　您看我家宝宝是什么精灵？我们打算用这个给她取小名。

也有的来自即将结婚的恋人。

师傅，你会看八字测合婚吗？这是我和男朋友的生辰八字，要是不合，下个月就不领证了。

还有的来自坐拥数家商铺的成功人士。

我司有意聘请您为风水顾问，提供社保和五险一金，请于明日上午来敝司 CBD 新址一叙。

无一例外，这些邮件都以"酬金丰厚"作为结尾，但灰猫不感兴趣，我只能以"纯属虚构"一律回绝。接下来的一个星期，天气一天比一天冷，暖气迟迟不来，只有火锅店的生意一天比一天好。据说西单那边新开的火锅城热门得一塌糊涂，排队得排两小时，开业一个月就创下翻台记录。我也想涮锅，可约人太麻烦，排队太费劲，于是最后还是自己煮面。一个晚上，我在楼下快餐店吃饺子，刚要端起杯子喝水，水杯里突然被扔进来一枚铜管。我抹掉溅了一脸的热水，抬头想骂，只看见窗外乌鸦飞速掠过的身影。我打开铜管，信上只有两个字："病，危。"

如果生病的是灰猫，自然不必如此心急，但既然信是灰猫写的，那生病的一定是徐栖。他住的地方没有地铁，这个时间也没有公交，我放下纸条，拦了一辆出租车往六环外奔去。

观测站宿舍十分破旧，楼道里贴满了小广告，502A没有防盗门，只有一扇老式木门。我没有门钥匙，既然他连打电话的力气也没有，很有可能根本没法下床给我开门。

那就破门而入好了。我调整好姿势，用右肩对准房门，后退两步。正在这时，门内传来一阵猫爪抓挠的声音。

"胖子，给我开门。"我说。

"闭嘴，我够不着。"是那家伙的声音。

"你站起来。"我说。

"我已经站起来了！"它叫道。

"你让开，我来。"我摩拳擦掌。

"你等会儿！"它说，"人类，别冲动。"

然后是一阵四爪着地的细碎跑步声。半分钟后，细碎的脚步声回到了门边，随着一阵金属和地面摩擦的轻微声响，门缝下塞过来一片钥匙。

我打开房门，屋里冷得像冰窖。一盏灯也没开。

"人呢？"我打开灯，环视四周，只有灰猫在慢条斯理地舔爪子。

"屋里，刚睡下。"它瞟我一眼，"你就不能动静小点儿？"

"发生了什么事？要不要打120？"我问。

"小题大做。感冒而已。"它说。

"你的信里不是写着病危？"

"我的意思是，人类生病了，情况有危险。发烧到四十度，难道不危险？"它振振有词。

"病危这个词在我们的语言里有别的意思好吗？你就不能写清楚只是发烧？"就不应该相信猫的话。

灰猫跳上椅背，右手在空中挥了两下，伸出毛茸茸的前爪："你用这样的手写几个字我看看？笔画那么多。"

也不是全无道理。我只好压下怒火："那你可以打电话嘛，我的号码徐栖手机里又不是没有。"

说到电话，它的脸色更加难看，哼了一声："最讨厌的就是滑动解锁的触屏手机。"

我脑海中浮现出灰猫用肉垫在手机屏幕上划拉的场景，不由得心情大好，也就不和它计较了。

徐栖在卧室里睡得很整齐，额头上敷着一片树叶，被子平平地盖在身上，像一条躺在盘子里的秋刀鱼——快熟了的秋刀鱼。

"在积雨云里冰冻过的桑树叶片有退烧的效果。"灰猫伸出右爪，掀开有些发干的树叶，用肉垫按了按徐栖的额头，又换了一片新鲜的放上去。

"我估计得有四十度。"它担忧地说。

"你怎么知道？"

"猫三十九度，他比我还热一点儿。"它说。

"怎么搞成这样了？"

"研究鸟在大风天怎么飞。自己在水库边上吹了几天，回来就这样了。"猫说，"再在这里住下去是不行了，四处漏风。先搬回城里吧，至少市区有暖气。"

"没问题。"

"伙食也需要改善。不能每天吃面条。"它补充。

"嗯。"

"我很久没吃罐头了。"它继续补充。

"……"

"普通罐头意思不大，挪威三文鱼配南极磷虾那款为什么特别好呢？你看，挪威在北极，磷虾在南极，南北合璧，吃起来有一种地球在我手的自豪……"它还想补充。

"我先回去了。"

"别。一切好说，一切好说。"灰猫立刻拉住我胳膊，不再补充了。

第二天一早，我们动身把徐栖运回市区。他虽然穷得衣食无着，东西却有一大堆：许多书，笔记本，动植物图谱，画图谱用的铅笔和颜料、地图册，野外使用的望远镜、帐篷、睡袋、登山鞋、指南针、炉头……好在土拨鼠的金杯车还在，够把这些破烂塞进去。

"这是什么？"我拎起箱子里一件像迷你锄头的金属工具，好奇他怎么会有这种东西。

"啊，这是冰镐，在冰川地带大有用途。"徐栖被我们卷在一床厚实棉被里，只有脑袋露在外面，"像我这样野外经验丰富的科学家，最习惯用的就是这种形状的鹤嘴。"

他兴致勃勃地从棉被卷里伸出一只手，想要指给我看鹤嘴的位置。

"缩回去。"灰猫虎着脸说。

徐栖的手在被子下面蠕动了一会儿，乖乖缩了回去。我奋力把卷成鸡蛋卷的鸟学家扛上了车。

大概因为人气旺、尾气多，市区确实给人一种比郊区暖和的错觉。我把徐栖和灰猫放在客厅沙发上，下楼去搬行李，等我拿了东西再进屋，屋子里多了一种奇怪的细碎声响。

"什么声音？"我警惕地凝神细听，轻微的噼里啪啦，像木柴燃烧。徐栖愉快地从棉被里伸出一部手机："背景音效素材库，我在循环播放'熊熊燃烧的温暖壁炉'。"

手机屏幕上果然显示着一个燃烧的壁炉。

"是不是觉得暖和多了？我最近经常用这个法子取暖。"他说。

真是匪夷所思。

灰猫四下溜达一圈，鄙夷地拨弄两下墙角的空啤酒罐，纵身跳上暖气。它刚把屁股放下就噌地抬了起来，脸上的表情让我想到冬天被马桶圈冰到的人类。它夹着尾巴蹽到电脑边，一屁股坐在键盘上，牢牢堵住风扇散热口。

"这就好多了。"它舒了一口气。

"我以为市区已经供暖了。"徐栖重新卷了卷被子，我找到你的毛线了。

《朝阳南路精怪笔记：灰猫事务所》
康夫

他现在的造型像一根坐在沙发上的竹笋。

"时间是差不多了，但今年一点儿动静也没有。"我说。也可能是老房子暖气有问题，哪天得找热力公司的人来看看。

灰猫伸出前爪贴上暖气，仔细体会一阵，头上的M纹路因为陷入沉思而拧了起来。

"晚上我出去一趟，你们自己吃饭，不用等。"灰猫从暖气上收回爪子，心事重重地扔下这句话就出了门。

我和徐栖聊了些别的，谁也没有提到上一次的冒险。他一样样地整理这次观测带回来的东西，给我看他的野外日志和鸟类写生。

"我发现在恶劣天气里起落、转向的时候，鸟类翅膀有不同的细微变化。风向、温度都有影响。这种调整对动物来说易如反掌，在工程学上却很难模拟，你记得上次说起过的杜老师吗？后来我们在邮件里讨论飞行动力学的一些问题……"讲起这些事，徐栖就像换了个人似的，头脑清晰，思维敏捷，博学健谈。我从小逃课打架，不认识几个好学生，徐栖算一个。虽然我早把中学课本上的东西忘了个一干二净，此刻却想到数学老师讲到"交集"时的情景。他在黑板上画了两个大圆，将中间重合的部分画上阴影，告诉我们这就是交集。我想我和徐栖各有各的圆，并没有重叠的部分，只是我们两个人的圆恰巧碰到，我们的交集，就只是那一个点。

傍晚时我煮了点面条，徐栖喝了感冒药回屋休息。入夜后灰猫还没有踪影，我把对着楼道走廊的厨房窗户打开一道缝，也早早睡了。至少过了十二点，灰猫突然蹦到我胸口，睡梦中的我几乎跳起来撞在墙上。

"胖子，搞什么！"我怒气冲冲地瞪着它的圆脸。

"三流编剧，你立功的时候到了。"那家伙的两只眼睛在夜里又亮又圆，"我调查清楚了，有人在搞大事情。"

"你看我像不像大事情？"好烦。

"真的！暖总可能出事了。我刚刚去了一趟热力厂，他根本不在那儿。"它十分认真地说。

"谁？"我披上毯子。头痛。眼睛酸。我水杯呢？

"暖总，就是对暖气的尊称。每年十一月，鼠辈们都会聚集在热力厂的地下管道周围，筹备一年一度的团建大会。它们会载歌载舞七天，等待暖总光临，再聚众痛饮七天，直到他烂醉如泥，正式宣布'来暖气了'，全城才开始供暖。"灰猫说。我在客厅里转来转去地找水杯，猫在我脚边绕来绕去地说个没完。

"暖气不是烧煤烧出来的么？通过热水什么的送到各家各户。"我虽然没喝酒，也觉得晕头转向。

"人类只是提供了渠道而已。这么强大的自然之力，怎么可能是你们能掌握的？"灰猫哼了一声，"为什么每年十一月中旬才开始供暖？就是因为前面的两个星期要让鼠辈们做准备。要不是被灌醉，暖气可不会造福人类。"

这么一说也挺有道理，我心想。

"往年这个时候，暖总已经喝得人事不省。但刚刚我去热力厂，完全没看到狂欢场面，鼠辈们忧心忡忡，说他根本没有来。它们抬着他的画像一圈圈巡游祈祷，年长的几个老鼠已经打算作法了。"灰猫说，"如果我的判断没错，暖总很可能被坏人抓走了。"

实在很难想象什么样的坏人能抓走"暖总"——也没法想象这位暖气变成的活菩萨是什么模样。

为了不在一只猫前面丢脸，我做出一副严肃认真的样子问："你有什么证据？"

"把手放暖气上。"它说。

在灰猫的示意下，我把手放了上去，它也伸出前爪放在旁边。有那么一阵子，我们俩就这样各自伸出一只手摸着暖气，一动不动。

"感觉到了没？"它期待地望着我，两只圆溜溜的眼睛闪闪发亮。

"没。"

"迟钝的人类。用心啊！"

我只好沉住气，仔细体会暖气片里传来的细微动静。老房子的暖气片上了年纪，是那种刷着银灰色铁漆的款式，生锈的阀门连着热水管道，热水管道连着楼里其他家的暖气片，再通过主供热管线连接整个城区的住户。我忽然意识到，尽管自己连隔壁邻居都没见过，却因为暖气系统和这个城市的两千万陌生人连在了一起，真是不可思议。

这时，暖气片里传来一阵微弱的热气。灰猫抖抖耳朵，看来它的肉垫也感觉到了。不过，一眨眼的工夫，若有若无的热气就消失了。灰猫把另一只前爪也搭了上去，过了几秒，热气又出现了，和上次一样，刚一露头就转瞬即逝。

如此两三次之后，热气停留的时间似乎变长了一点儿，但仍然时断时续。再如此两三次之后，又恢复了最初短促的节奏。我把耳朵凑上暖气片，里面并没有热水流动的声音。水都没通，热气从哪儿来的？

"你是不是也觉得这里边有问题？"灰猫严肃地看着我。

"一定有问题。"我也严肃地看着它。

"什么问题？"

"不知道。"

"人类啊……三短、三长、再三短，这是摩斯电码SOS啊！"灰猫恨铁不成钢地前爪刨地，"这是被绑架的暖总发出的求救信号，这就是你要的证据。"

我恍然大悟。

"我们必须把暖总救出来，不然今年一冬天都不会有暖气的。"灰猫斩钉截铁地说，"现在，你有什么思路？"

一想到可能要度过一个没有暖气的冬天，我也感到了事情的严峻。虽然我们连谁抓走了他、关在哪里都不知道，但我写过两集国产警匪电视剧，自认为多少比猫强。我从稿纸堆里抽出两张作废的剧本，翻到空白背面，拧开钢笔在上面画了一道直线。

"你先说说暖总有哪些社会关系，最近得罪了什么人，有没有仇家。"我说。

灰猫想了想："暖总算得上性情中人，敢爱敢恨，豪爽大方。平时喜欢大吃大喝，经常酗酒误事。好像因为赊账太多和狐猴打过几次架，一怒之下烤红了猴子们的屁股。不过这也算不上仇家。"

我点点头，在"嫌疑人"一栏写上"不详"两个字。

"那么，如果真的有人绑架了暖总，对他有什么好处？"既然从仇家身上找不出什么线索，那么就从受益人的角度考虑好了，法制节目里都是这么写的。

"这个嘛，有暖总的地方自然会变得暖洋洋的，不仅温度升高，人气也会变旺。"灰猫说着，忽然两眼圆睁，前爪一拍大腿，"想起来了！"

"想起什么？"我停下笔，抬头看着它的圆脸。

"一个重要人物。她和暖总的关系可不一般。在找暖总这件事上，恐怕没人比她更敏锐了。"灰猫神秘兮兮地跳到我膝盖上，"三流编剧，想不想看美女出浴？"

"……"

"真的。你去仙鹤堂的里屋，借一样东西过来。"灰猫说。

"你干吗不去？你和何大夫不是认识吗？"上个

月在福利院借小孩的事我还没忘，此时一听"借"字，我立刻警惕起来。

"哎呀，正因为认识，才不好意思开口。"它扭扭捏捏地说，"老仙鹤的脾气你又不是不知道。"

仙鹤堂是附近一家中医推拿店，离琉璃厂不远，店里当家的何大夫和梅大夫师出同门，但性格迥异。梅大夫素有美名，何大夫就不一样了，惯下猛药不说，还曾让人"连醉三天百病全消"。我曾经因为右肩关节炎在那儿治疗过一段时间。有一次人多排队，我无意间误入内室，没想到治疗床上躺着的竟然是灰猫。它四仰八叉地横在那儿，被一只仙鹤扎成了刺猬。我这才知道它所谓的"下楼做个按摩"是真有其事。

"他要是连你的面子都不给，就更不会借给我了。"我说。

"你现在去，店里没人，肯定能借到。"灰猫真诚地怂恿，"在倒数第二高的架子上，有一个黑布罩着的大玻璃瓶。轻拿轻放，千万不要打开。"

"做梦。"想坑我，没戏。我抄起灰猫，把它夹在胳膊下面："要去一起去。"

月黑风高，巷子里冷风穿堂而过，树影重重叠叠，间或传来一两声狗叫，说不瘆人是假的。我夹稳胳膊下的灰猫，猫也牢牢抓着我，我们俩很没骨气地贴在一起，一惊一乍地往前走，终于到了仙鹤堂。一块白底黑字的牌匾挂在前门正中，两侧是一副手书对联：今朝有酒今朝醉，明朝散发弄扁舟。肯定是何大夫写的，这地方一看就不是什么正经诊所。

前门从里面插着插销，外面打不开。透过门玻璃往里看，阴沉沉的屋内挂着一幅古画，两侧靠墙是高高低低的药材柜，角落里的架子上果然放着一个黑布笼罩的大玻璃瓶。

"现在怎么办？你最好有钥匙。"我把猫从胳膊下面拖出来。

"我一个正人君子，怎么会有别人家钥匙？"灰猫蹿上我的肩膀，四条腿踩着我的脑袋，踮起脚，伸手推开店门上方的气窗，"看到没，这个窗户没锁。你从这儿——"

"行。"我胳膊一抡，将脑袋上的猫扔进了气窗。行云流水，舒坦。

猫气得吹胡子瞪眼睛，隔着玻璃大骂："你爷爷我纵横四海跨九霄，天子呼来懒得喵，你个灵长类竟

122

敢把我扔窗户——"我对着玻璃整理被它踩乱的发型，笑眯眯地说："乖，给你爸开门。"

回来的路上我俩谁也不理谁，天气冷，街角只有一个卖烤肠的小窗口还开着。地上扔着许多广告，是新开的热门火锅城的宣传页，"鸿运滚滚丸子锅"，听名字都透着喜庆。吃火锅本质上是种炫耀，首先你得有足够多的朋友围桌而坐，其次在漫长的等位期间你们还能有话可聊。这两样我都没有，只有左手一罐子，右手一灰猫。烤肉的香气油汪汪地飘在夜晚空寂的路口，猫馋得吸鼻子，又赌气不肯开口。

"喂，吃不吃烤肠？"我问。

"哼。"

"我想吃，行了吧？"

"算你有点儿良心。"

我把罐子放在地上，买了根烤肠，和猫一人一半分着吃，它这才对我有了好脸色。

"唉，三流编剧啊。"

"干吗？"

"何必总和自己打架。"

"又怎么你了？"

"你这个人呢，看着冷得很，心里又是软的，但谁要想和你热乎，你又一推二五六，远遁外太空。混在人群中想要热闹，又把世界拒之门外才觉安宁，很难过好这一生啊。"它呼哧呼哧地吹着烤肠上的热气，声声叹息。

"关你鸟事。"猫懂什么人生。

我们把那罐又大又沉的东西捧回屋，徐栖还睡着。灰猫围着罐子踱了几圈，嗅了嗅，肯定地说："没错，就是它。"我正要发问，它一抬爪子掀开黑布，浓重的酒气扑鼻而来。黑布罩着的是一只用来泡药酒的大玻璃罐，浅黄的液体当中，赫然浸着一条青翠的蛇。三角形的蛇头露在酒液外面，在突如其来的光线刺激下，两只明黄杂着红色的眼睛缓缓睁开。

活的啊！

我条件反射地后退一步，灰猫却径直上前两爪一碰，取下了封住瓶口的塞子。转眼之间，翠绿色的蛇身像光滑的粗绳一样沿着瓶壁旋转抽出，蛇头高高扬起，很快就到了我胸口的高度。

我大喊一声，掉头往里屋跑，带翻身旁的椅子发出一声巨响。我摔在椅子上，椅子摔在卧室门口，穿着法兰绒格子睡衣的徐栖从卧室冲了出来。他脑门上贴着退热贴，头发乱糟糟的，手里高举着一只冰镐，义正词严地喝道："缴枪不杀！"

在千万人口的城市里遇到一个这样的室友，确实不容易。

徐栖越过我和椅子往屋子中间看去，神情从惩恶扬善变成疑惑不解。我不敢回头，哆嗦着问眼前的动物学家："有毒没毒？"

他放下高举冰镐的手，反问："你把人家怎么了？"

我从椅子上爬起来，回头一看，瓶子已经空了，地上没有蛇，只有一位纤瘦白嫩的年轻姑娘。姑娘半倚着躺在地上，长发挽一个懒散的髻，身上轻飘飘地穿着一件水绿色丝绸睡裙，脸上一副半醉半醒的倦容。虽然全身翠绿，她的嘴唇和裙摆却是鲜艳的大红色。

徐栖试探地看着我："要不……你们去卧室？我睡客厅就行。"

"不不不，"我连忙后几步，"这种类型我不太会泡。"

灰猫清清嗓子，十分礼貌地跟地板上打呵欠的姑娘打了个招呼："叶小姐，你要不要多穿一点儿？"

"哎呀，人家在冬眠呀，睡觉的时候，当然只穿睡衣嘛。”姑娘漫不经心地答道，碧波般的眼睛妩媚地打量着徐栖。她的声音婉转动人，一点儿也听不出是由会分叉的舌头发出来的。

不过，徐栖一下就抓住了重点。

“冬眠？”他看看一旁的药酒罐子，又看看软绵绵的姑娘，“你是……蛇？”

“才不是一般的蛇呢，人家是最漂亮的竹叶青哟，你喜不喜欢？”姑娘笑眯眯地一扭腰，向我们滑了过来。徐栖二话没说，笔直地昏了过去。冰镐掉在地上，吓了姑娘一跳。

叫醒一位冬眠的动物是十分不明智的行为，实际上你并不能完全叫醒它。灰猫试图向叶小姐解释我们的意图，但她始终在半睡半醒之间，目光飘忽。

“谁啊？”她漫不经心地瞟了灰猫一眼，在扶手椅上坐下，欣赏自己涂得红红的十个指甲。

“热力厂的暖总。”灰猫说。

“他啊……我们已经很久没见了啊，人家怎么知道他在哪儿。”叶小姐噘起了嘴，抚摸着胸前的项链。

“如果叶小姐方便的话，我们想请您一道去商业区转转，看能不能找到一点儿线索。”灰猫客气地说。

"你是说去逛街？"叶小姐眼睛一亮，伸了个长长的懒腰，"那今晚可得睡个好觉，不然明天走路会脚痛哦。"

这天夜里，叶小姐睡在我的单人床上，我打了个地铺。黎明时分，我感到被窝里凉飕飕的，好像被人倒进来一大碗凉粉。我小心翼翼地碰了碰从身后环住我的肢体，谢天谢地，是一只胳膊。我浑身僵硬地睁着眼睛躺到天亮，从没想过自己也有这么柳下惠的一天。

二

第二天天色阴沉，空气干冷，徐栖从昨晚的惊厥当中恢复了一些，努力用科学的态度面对叶小姐，甚至准备和她握手。

"我留学的时候研究过爬行动物，不过，和蛇握手还是有点儿紧张。"他壮着胆子跟我说。不过，叶小姐并没有理会徐栖的手，而是粲然一笑，鲜红的指甲一挥，一下撕掉了徐栖脑门上的退热贴。

"你生病啦？要不要凉快一下？"她笑眯眯地凑过

去，徐栖吓了一跳，嗖地躲到灰猫身后，两只手摇得像触了电："不用不用，我好了，完全好了。"

这种时候灰猫只得挺身而出，拦住叶小姐，一本正经地宣布今天的行动计划。

"各位，我说两句，咱们今天的目标就是找到暖总。众所周知，有暖总的地方不光温度会上升，人气也会变旺，所以我判断它的失踪一定和热门店铺有关。叶小姐既熟悉各大商铺又对温度有敏锐感觉，有她帮忙，我们事半功倍。总之，只要叶小姐确定了关押暖总的位置，你们两个就冲进去打翻店员，救出人质。"

"少来，打翻店员这种事我们可不干。"我说。

"对，主要是没有趁手的工具。"徐栖补充。

在徐栖之前，我并不认识什么科学家，很难判断他是不是属于科学家中的大多数。不过，他思考问题的方式和我在小学课本上学到过的那些科学家不大一样就是了。听了徐栖的话，灰猫思索片刻，忽然眼神一亮："你那把斧头不错。"

"你是说冰镐？"徐栖从玄关挂钩上取下冰镐掂量一番，顺手别在后腰，外面再穿上一件绿色的冲锋衣。这样一来，衣服将冰镐完全挡住，一眼看去他就是个西二旗挤地铁的程序员，再普通不过。

"好极了！"灰猫十分满意。

为了避免徐栖再次晕倒，我们决定由他开车，灰猫坐镇副驾驶，我和叶小姐坐在后排。她套上了我的大衣，仍然睡眼蒙眬，身体绵软，一开始只是倚着我坐着，没多久卧在了我怀里，再然后，盘在了我脖子上。

"还是这样睡起来舒服啊。"她打了个呵欠，用分叉的红舌头舔了舔我的耳朵。

灰猫从后视镜里看看我，叹了口气："发生这种事，谁都不想的。"

"闭嘴。"一想到这个家伙大半夜的让我去偷一条活蛇，我就咬牙切齿。

它难得地真的闭上了嘴。但我的心情还是很糟，把矛头转向徐栖："你能不能不要给猫看那些乱七八糟的 TVB 电视剧了。"

"我只是……"

"你来盘一会儿？"

"再也不看了，我保证。"

我们铁青着脸，把能想起来的热闹地方都逛了一遍。为了不引人注目，我挽着叶小姐假装情侣，徐栖挎上他的斜挎包，把灰猫藏在包里，做出一副逛街的样子。

按照灰猫的说法，叶小姐是寻找暖总的最强雷达，只要她感觉到暖总的气息，我们就可以立刻采取行动。不过，我们谁也没料到叶小姐一路昏睡不醒，除了偶尔转转脖子发出一两声梦呓，没有提供任何线索。不仅如此，还险些制造两次危机。

第一次是我们经过7-11便利店的时候。叶小姐睡眼蒙眬地抬起头，幽幽地说："这家店闻起来好棒哦，进去看看嘛。"

叶小姐从我脖子上滑下来，转眼之间就坐在了我腿上。她一扭身子，两只细弱的胳膊攀上来，薄薄的嘴唇凑到耳边："里面有不错的东西哟。"

这就是暗示了，我心想。灰猫一个眼色，徐栖果断把车停在路边，打开挎包，让它钻了进去。我扶着软绵绵的叶小姐走进便利店，她环视一周，迷蒙的目光飞向收银台旁边。

"就在那儿！"她软糯地喊道。

等在店门外的徐栖一个箭步冲了进来，挎包随着他身体的动作猛地一甩，砸在收银台前供顾客暂放手提包的木搁板上，包里发出嗷呜一声。

"都不许动！"徐栖喝道，一只手摸向腰间的冰镐。我扫一眼天花板上的摄像头，心中大喊糟糕，这家伙完全忘了计划中"先踩点，再蒙面，最后行动"的方针啊！

我正犹豫要不要假装不认识立刻逃跑，怀里的叶小姐看了我一眼，娇声责备道："哎呀，你怎么还不去买，人家都说了，就是那个嘛。"

"什么那个？"

"那个啊，关东煮的卤水茶叶蛋，人家最爱吃了，一次能吃八个呢。"叶小姐说。

有那么几秒钟，时间似乎静止了。店员目瞪口呆地看着冲进来的徐栖，而徐栖也不知所措地继续保持着冲进来的姿势。我艰难地走向收银台，假装什么也没发生。

"来八个卤蛋。"我说。

我原本担心刚刚的莽撞行为会引起店员怀疑，如果报警就麻烦了。但负责收银的年轻女孩一看到顾客走过来，立刻自动切换到工作模式，一丝不苟地微笑着说："一共十六元，需要袋子另加两毛钱。支付宝付款请扫左边，微信付款请扫右边。这是您的小票请拿好，感谢光临慢走再见。"

我们胆战心惊地拎着鸡蛋回到车上，叶小姐吃饱肚子，又变回了爬行动物的模样，身体中间的一截凹凸有致，可以依稀看出八个鸡蛋的轮廓。灰猫从挎包里爬出来，双手捂着额角，愤怒地吼道："老子撞得眼冒金星！"

第二次危机发生在下午四点钟。我们路过盛产麻辣美食的簋街，叶小姐慢条斯理地独自吃光了三盆水煮牛蛙，险些引起店员的怀疑。

"暖总这个人，倒也还是不错的。可是光暖和没什么用啊，我们这一类本来就喜欢阴凉，像翡翠啦，钻石啦，红宝石蓝宝石啦，黄金白金珍珠玛瑙啦，这些凉飕飕的东西，才是我们的心头爱。"叶小姐不紧不慢地剔着一只牛蛙，"他买不起，只好分手啰。可是他又不肯分手，非要腾云驾雾地缠着我，挨家挨户地找。害得人家躲进老仙鹤的诊所，小半年都不敢出门逛街。"

望着桌上一大片纤细的森森白骨，我和徐栖连筷子也没动。吃过"下午茶"回到车上，心满意足的叶

132

小姐再次陷入了昏睡。

我们在市中心又绕了两三个钟头，夜幕降临，饥肠辘辘。一天没有吃饭的饥饿感和一无所获的空虚感混合在一起，形成了一种叫做"一无是处"的强烈飓风，将我往悬崖下吹去。徐栖把车停在路边，去快餐店买汉堡。

"这么下去可不是办法，一点儿线索也没有。"灰猫发愁地说。

我低头看了看倚在我怀里的叶小姐，她胸前的项链上没有吊坠，挂着的是一枚戒指。叶小姐满身珠翠，金玉俱全，最不值钱的就属这枚素戒了。一个喜欢珠宝的女人贴身戴着这样朴素的戒指，大概并没有看起来那么绝情。

她不开口，事情是解决不了的。

"如果再找不到暖总，情况可能会很危险。绑匪们可什么都做得出来。"我用忧心忡忡的语气说。

叶小姐呼吸平稳，眼珠却在眼皮下面动来动去，睫毛跟着颤动了一下。

"你帮他一次，就算扯平了。"我说。

刚刚还昏睡着的叶小姐噌地直起了身子，气呼呼地看着我："谁说我欠他的。"

我没有反驳。她瞪了我几秒钟，把我往旁边一推，自己远远地坐到了后座另一侧。

"往后即使再不相见，也没有什么关系。"我又说。

叶小姐扭头看着窗外，咬着自己的手指甲。

我还想推她一把，徐栖已经捧着一只大纸袋回到了车上。

"买一送一！刚刚排队的时候听人说，因为最近莫名其妙地没有生意，好多餐馆都在打折优惠，咱们赶上了。"徐栖高兴地摸了摸灰猫的头，"过几天带你去吃回转寿司。"

食物的香气冲跑了我的计划，我迅速将一个鸡翅扔进了肚子，叶小姐不紧不慢地用薯条蘸着番茄酱。灰猫打开了一个鳕鱼堡，用两只前爪稳稳地捧住鳕鱼堡上层的面包，放到一旁，然后小心地将鳕鱼肉饼和下层面包分离，最后，它把上层面包放回下层面包上面，用包装纸重新包好。灰猫的双手十分灵巧，经它重新包装后的汉堡和新买来时一样。它把只剩面包的汉堡放回纸袋，自己捧着鳕鱼肉饼吃了起来。

"我最近瘦身，随便吃两口就行了。"它谦虚地说。

我把快餐店的纸袋推到叶小姐面前，她没有伸手来接，而是叹了口气："我不知道他在哪儿。最后一次见面的时候，他说找到了生财之道，有一位资深的餐饮企业创始人找他合伙开火锅店，稳赚不赔。"

"火锅店？"我想起灰猫说过，有暖总的地方不但温度会升高，人气也会旺很多。如果暖总改行经营餐馆，也不是没有可能。

"快，查一下最近人气最旺的火锅店排行榜，挨个跑一趟，有戏！"灰猫抓到这个线索，顿时瞪大眼睛，炯炯有神。徐栖连忙打开手机，我脑海中浮现出广告宣传页上那家火锅城，不会这么巧吧？

"这里！西单新店，开业一月创下同行销冠，节假日排队取号 1000 桌！"徐栖将屏幕举到我们面前，"鸿运滚滚丸子锅！"

灰猫立即拿过手机，毛茸茸的爪子拨弄了好几次才成功打开火锅城创始人的资料信息。这位餐饮新贵姓许，名叫许多钱，从照片上看四十多岁，身材矮胖，秃发圆顶。虽然一张肥脸，却长了一副尖嘴猴腮的五官，两只眼睛贼溜溜的，下巴和头顶上稀稀拉拉地倒着几根黄毛。

"认识这个人吗？"灰猫把手机递给叶小姐。

"不认识，"叶小姐把头摇得像拨浪鼓，"暖总比他可胖多了！"

"许多钱许老板，我倒好像在哪里见过。"此时灰猫已经吃光了鳕鱼，专心舔着爪子陷入沉思，"走，去一趟就清楚了。"

话音刚落，徐栖一脚油门把车轰了出去。

三

入冬以来，北京已经经历了一次大规模的降温，一过夜里十点，气温就往零度快速靠拢。长安街宽阔大气，车辆不多，金杯畅通无阻。一想到自己生活在这么恢宏的城市，而且正深夜开着破旧的金杯车在最重要的街道上飞驰，不真实的奇妙感又涌了上来。

"鸿运滚滚丸子锅"在西单北大街，离我们住的地方不远，曾经是最繁华的商业中心，但随着一系列新商圈的建成，渐渐变成了不新不旧、鱼龙混杂的一锅烩。几个百货大楼仍旧是品牌集中地，但一步之遥就是各类批发市场。尽管如此，这里仍然是市内人流量最大的地方之一，也是游客、小贩、黑车司机、扒手的必到之处。除了商场，这个区域还聚集了许多重要的机关单位、医院机构、银行总部、图书大厦、民航办事处等等，拥挤不堪。早几年路过时，我记得附近有挂着俗艳婚纱的影楼、卖麻辣烫的小店，再早几年，巷子门口还有卖二手自行车的"游击队"，我读大学的时候曾在这里花八十块钱买过一辆黑车。

如今，小店林立的巷子里，矗立着一座三层楼高的仿古建筑，木制门脸，正中一块黑金匾额大写着"鸿运滚滚"几个字，两串大红灯笼挂在檐下。酒足饭饱的客人们鱼贯而出，两排穿大红旗袍、别着金丝缎带的高挑服务员流水般地鞠躬送客。从摆满临时座椅的门厅就能猜到高峰时段有多么火爆，同时等位的恐怕得有上百人。

在这样的寒夜里，这家店时时刻刻往外散发热气，火锅的热量、人气的兴旺，都变成了看得见的蒸汽，汩汩向外涌出。我们把金杯车停在巷子暗处，搓着手又等了一个钟头，直到火锅店客人走光、服务员也陆续下班为止。

"你刚退烧，就在车里待着好了。我先去看看什么路子。"我把脖子上盘成几圈的叶小姐摘下来，挂在徐栖脖子上。

"上次有人往我脖子上挂东西，还是在牧区做生态研究的时候被人家献哈达。"徐栖苦着脸说。

"扎西德勒。"我拍了拍他的肩，把冰镐别在了后腰。

火锅店的大门已经插上门板，只留一扇小门供人进出。我跨进小门，穿过前厅等位区，绕过玄关照壁，一眼就看见了大厅正中足有两三层楼高的巨型铜火锅。这家店的内部结构是天井式的，中庭挑空，上下三层就餐区环绕四周，无论从哪个位置，都能一眼看见大铜锅的雄伟身姿。这种布局让人觉得整个房子就是围绕巨大的铜锅建的。

大厅里没有人，灯还开着，桌椅整齐，空气中残留着一丝消毒液的气味。大铜锅并不是真正的火锅，只是使用了传统塔式火锅的造型。传统火锅围绕铜柱用来涮菜的区域被设计成了一圈菜品自助区，各种牛羊肉片、鱼丸虾滑、蔬菜块根、豆腐粉条，足有上百种。种类最多的要数各式各样的特色丸子，难怪这家店叫做"鸿运滚滚"。

不过，这个铜锅有些反常。我小时候借住在开火锅店的亲戚家里，每天洗涮锅碗瓢盆，对这种火锅再熟悉不过。传统塔式火锅中央的铜柱用来放炭生火，必须有通风孔和炭门，这个铜锅的锥形铜柱却是封闭的。我走近铜锅，感到源源不断的热量从铜柱里涌出，周围却没有生炭或者使用电源的迹象。旁边的每个桌子上都摆着一只小火锅，小火锅下方同样既没有炉子，也没有电源电线。难道这家店靠爱发电，可以不需要传输渠道就让几百个火锅沸腾？

我绕着雕有龙凤呈祥的铜柱仔细打量，在繁复的云纹中间，发现了一个小小的阀门。阀门的把手和龙尾的图案重叠，十分隐蔽。我把手放上龙尾，刚要使劲，铜柱里发出一声闷雷般的低吼。紧接着，身后传来一声尖细的叫声。

"哎，你谁呀？干什么的？"

我转过头，只见收银台后面一个身材臃肿的女人气势汹汹地向我走来。她大概四十多岁，粉白脸庞，化着浓妆，身上绷着一件大红色带牡丹花纹的喜庆棉袄，烫过的头发像炸开的蘑菇云。蘑菇云上别了一朵花，两只元宝造型的金耳环随着铿锵的步伐沉甸甸地一甩一甩。她把手里的记账簿往腋下一夹，双手抱臂，两腿一分，往面前一站，好像又一座铜柱矗立在我眼前。

"你哪儿的？干什么呢？"她用更严厉的声音重复了一遍，两只精光闪闪的眼睛紧盯着我。这模样让我顿时想起了那位开火锅店的亲戚，她每次训人都会摆出这副造型。

"打烊了？那算了。"我摆出一副无所事事的样子，一边东张西望地回避她的视线，一边晃荡着往门口走去。我平时大部分时候都无所事事，装这个样子应该不容易露馅。但她两腿一迈，再次挡在了我面前："你进来我就看见了，鬼鬼祟祟的，干吗来了？"

大意了。收银台高，老板娘矮，我进来的时候没有注意到柜台后面有人。眼下的形势，我要么沉着冷静继续扮演路人，要么大喊大叫打电话报警，反正不能硬碰。不料老板娘早看破了我的把戏，冷笑着走到铜柱旁，伸手关紧被我拧开一道小缝的阀门："小子，奔着我家铜锅来的吧？"

身后一声断喝，齐刷刷十来个黑西装保安从天而降，阻住去路，再一回头，又有十来号人从二楼三面环绕的走廊上纵身跃下，将大厅四方团团围住。

不至于吧！我只是个探路的，主犯都在外面金杯上呢。

"再问你一次，来干吗的？"

"吃饭。"

"你家没饭，要来我这儿吃？"

很不幸，这话正触在我的雷区。这神情，这语气，连台词都和记忆中的亲戚太像。我心里想着不要冲动，右手却不由自主地将徐栖的冰镐抄在手里。老板娘一看我带了家伙，立刻上劲了，骂道："小子，管你黑道白道，告诉你吧，之前来找事儿的那几个已经被老娘切片涮了锅，这两天想剁肉丸正缺馅儿呢。"

她反手往身后的自助肉丸桶里一捞，捞出一副精钢打造流星锤——锁链两端各吊着一只粉红色的狼牙铁锤，乍一看去，好像两个实心大肉丸。

我心里计算着逃跑的可能性，两只大肉丸已经夹着风声兜头袭来，锁链在空中卷起一蓬杀气。我拿出小时候抢凳子打架的架势，举起冰镐挥手一挡，当的一声，流星锤砸在了冰镐上。锁链卷住冰镐的鹤嘴往空中一提，下一个瞬间，冰镐已经脱手飞走。出师不利，完蛋。

一见我没了兵器，黑西服们迅速围了过来。我掉头往门口飞奔，边跑边喊徐栖。徐栖不知什么时候已经站在了门口，一抬头就看见半空中自己的冰镐迎面飞来，他顺手一捞，竟然稳稳接住。他茫然地看了看满屋的黑西服，又疑惑地看了看自己手里的冰镐："咦？"

所有人的视线都集中在了徐栖身上。忽然间，隔在我和他之间的黑西服们发出惊恐的呼声，纷纷往后退去，在老板娘身边挤成一团。转眼工夫，大厅中央只剩我一个人。我毫不犹豫地向徐栖靠拢，他迷茫地挥了挥冰镐，把大厅尽头的百十号人吓得又是一抖。

我很快意识到，对面一票人的恐惧并不是因为徐栖接住了冰镐，而是因为他现在的造型：脖子上盘着叶小姐，头上站着灰猫。

屋里的温度升高了，叶小姐慢慢抬起头，缓缓睁开明黄间红的眼睛，暗红色的舌头嘶嘶地伸向众人。灰猫从徐栖头顶一跃而下，双肩一沉，后腿一蹬，尾巴直竖，全身毛发奓开。它刚要运气发出一声低吼，对面的打手们已经乱成一锅沸粥，吱哇乱叫，东躲西藏。跑得慢的被跑得快的推倒在地，跑得快的撞在了跑得更快的身上，跑得更快的又被摔在地上的人绊倒。

老板娘也慌了，一个劲招呼："不要慌，都稳住！"

毫无预兆地，打手们争先恐后地现出了老鼠的原形，从领子、袖口仓皇逃窜。不出半分钟，大厅里跑得一个不剩，地上只剩下一堆白衬衣、黑西服。叶小姐终于睡醒了觉，噌地追了出去。

我和徐栖目瞪口呆，大铜锅的铜柱里再次传来沉闷的撞击声，好像有谁想要从里面冲出来。

"是暖总！"我对徐栖说。

老板娘的鞋子和头花已经在刚刚的推搡中七零八落，听到铜柱里的动静，她扑过去紧紧攥住阀门把手，不让热气逃跑。

"表哥，快来啊！都这时候了还让我一个小姑娘撑场面！"老板娘喊道。

"你把她搬开，我来打开阀门。"我当机立断，给徐栖下令。

"你敢动老娘！"老板娘也不是好惹的，吱吱乱叫。徐栖左右为难，忽然灵机一动，举起冰镐，噗地一刀砸进了铜柱。乳白色的热气立刻从缝隙里涌了出来，发出刺刺的声音。

徐栖拔出冰镐，满意地指着金属部分讲解道："我最喜欢用的就是这种鹤嘴，你看，它这一头比较锋利，从刚刚那个角度砸下去，力度最大。昨天就想跟你说的，结果被灰猫打断了。"

大量热气从铜柱破口处往外涌，老板娘惊慌地想要堵住裂缝，但蒸汽涌动的速度已经势不可挡。迷雾一般的蒸汽很快充满了大厅，周围变得像浴室一样朦胧一片。

我很快满头大汗，但温度还在上升。在翻涌的热气中，一个低沉、愤怒、焦急的声音出现了。这个声音急迫地四下寻找："青青，我的小青青！你在哪儿？"

蒸汽的强度骤然增加，离我不到一米的徐栖只剩下模糊的轮廓。我听见老板娘的声音叫了起来："他跑了，跑出来了！"

乳白的蒸汽聚成一股强大的旋风，在火锅店上下翻飞，大厅、座位、二楼、三楼，无孔不入。所过之处翻箱倒柜，一片狼藉。

蒸汽一面狂暴奔走，一面自言自语："青青，我知道你来了，我刚听到你了！"

这时，一个尖细的嗓音轻飘飘地传了过来。

"暖总，冬天还没过完，咱们还没完成说好的业绩呢。钱没到手，你找她有什么用？"

雾气当中，不知什么时候站着一个尖嘴猴腮、大腹便便的矮胖经理，头顶和下巴上稀疏地长着几根焦黄须发，正是许老板。

热腾腾的蒸汽凝成了一个又高又大的白胖巨人。从地面抬头仰望，巨人的身体显得十分庞大，头却很小，好像一位相扑选手。他周身萦绕在雾气之中，脸蛋红红的，愤怒地弯下腰冲着地面上不起眼的许老板发火。

"把我的那份给我，现在就给，我要去找她！"暖总一开口就喷出一股热气。

不过，许老板一点儿也不害怕。他玩着衬衫上的袖扣，慢条斯理地劝道："钱自然没问题。不过，这么几个月的营业流水能有多少？你忘了我们的协议了？餐饮第一，全城连锁，这才是目标。你可有不少期权呢，想想看，到时候公司上市，你坐享其成，可不比现在这点儿钱多多了？"

暖总本来一触即发，被许老板一碗迷魂汤灌下去，一时又举棋不定起来。

"创业嘛，万事开头难。烧火锅也是没办法的事。难道热力公司的工作比现在好？辛辛苦苦给全城供暖，多少年也不涨薪。何况你无故旷工，现在回去也得领处分吧？"许老板乘胜追击，摸摸焦黄的小胡子，对暖总微微一笑，"说来说去，还是咱这儿强。你也不用担心逃班的事，只要赶紧回炉，我保证给你把眼前的这几个麻烦了了。"

眨眼间，许老板手中多了一把匕首。不过，他还没来得及扑向我们中的任何一个，忽然就从我们面前消失了。叶小姐的下颌被撑到最大，几下蠕动，费力地把许老板咽了下去。

"七！"叶小姐满意地说，"今晚宵夜好棒，一下吃掉七个！"

老板娘惨叫一声，昏了过去。当她倒在地上以后，就不再是一个浓妆艳抹的人类，而是也变回了老鼠的模样。叶小姐爬到老板娘身边，好奇地看了一会儿，再次张开了嘴。

"八！"

我们呆在原地，不知该作何反应。最先回过神来的是暖总，他激动地张开双臂，软白的胖脸染上了粉红，周身的热气也蒸腾起来，发自肺腑地对叶小姐喊道："青青！"

叶小姐纤腰一扭，闪过暖总的怀抱，接着在地板上原地一转，亭亭玉立地站在了我们面前。

"快回去上班啦，他们找你都找到我这儿来了。"叶小姐嘟着嘴看着暖总。

"不回，我要在这里开店挣钱，给你买礼物。"暖总坚定地说。

"哎呀，你怎么一点儿长进都没有？说是开餐馆，结果给人关在这里烧火锅。老鼠骗你的，你还当真了。"叶小姐无奈地看着他。

暖总高大的身体一下矮了，变得和正常人差不多大小。

"那你跟我一起走。"他气鼓鼓地说。

"想什么呢？"叶小姐扶了扶额头，"我现在已经过上想要的生活了啊。你也该往前看。"

"可是，你说了要和我在一起的。"暖总委屈的眼泪在眼眶里打转，"你冻僵的时候，我还救过你呢。"

这句话让叶小姐有些生气。

"救人这种事呢，本来就是自愿才有意思。何况你救我一次，我帮你一回，咱们已经扯平了。"叶小姐解下脖子上的项链，把那枚戒指塞到暖总手里，"这个还给你。我是蛇啊，怎么会想起来给我送戒指。"

她扭过身子婀娜地朝门外走去。暖总急了，冲上去想要抓住叶小姐的胳膊，正要抓到的一瞬间，他又把手缩了回来，仿佛意识到自己的温度会烫到她的皮肤。他一个飞身扑到她前面，变成了一条蛇的样子。

一条白白软软、和叶小姐真身差不多大小的、棉花般的蛇。

"那我跟你走，好不好？"暖总仰头乞求道，"我变成你这样，咱们一块儿出门就不奇怪了。"

叶小姐沉默了几秒钟，看了看暖总伸出来的两只手。

变成蛇的暖总忘了自己的胳膊，因此这条蛇保持着一副双臂张开的姿态。他意识到自己的失误，立刻将胳膊缩回身体。

"这样就没问题了。"他说。

叶小姐怜悯地摸了摸他的脑袋，轻声道："我走啦，不再见了。记着回去上班。"

说完，她不再停留地往外走去。

暖总变成的蛇努力往前蠕动，但他还不习惯蛇的爬行方式，跟不上叶小姐的步伐。而且，这一次他没有双手，再也不能挽留她了。

　　"我有什么不好？"暖总失望地喊道。叶小姐的身影消失在空洞的餐厅门口，外面只有漆黑的夜色和呼啸的北风。

　　暖总软软地瘫在地上，变成了一团小小的、湿漉漉的、看不出形状的云。屋子里的温度降了下来，我伸出手，轻轻地碰了碰暖总。它只剩下了一点儿微弱的热量。

　　我说不出什么安慰的话来，只好坐在旁边，把手覆在它身上。过了好一阵子，它身下的地面洇开一小摊水迹。又过了好一阵子，它勉强恢复了一点儿形状，摊开手心，呆呆地看着那枚戒指。

　　"我还送过她好多围巾和手套，"暖总悲伤地说："第一次见到她，是在火车站到达大厅里。她一个人带着很多行李，为了省钱就在车站过夜。夜里很冷，所有有暖气的位置都被人占了，她只能找了个暖气片坏掉的角落。车站大厅里那么多人，可是我偏偏一眼就看见了她……我以为她睡着了，仔细一看，才知道是冻僵了……"

　　我想起了叶小姐在牛蛙店时说的话："光暖和可没什么用啊！"

　　"今天才是第一个连续五天零度以下、必须开始供暖的日子，现在回去来得及的。"我安慰道。

　　暖总紧紧攥住手中的戒指，朦胧的眼睛里还充盈着水汽，低声说："我去上班了。"

　　"那个……东大桥那边有一家胖嫂面包店，你知道吗？"徐栖伸手拉暖总起身，忽然没头没尾地来了这么一句。暖总一愣，我也莫名其妙，疑惑地望着徐栖。

　　"没什么，没什么。"徐栖摇了摇手，"快回去吧。"

　　暖总深吸一口气，面色略微恢复了一些红润，身体周围也逐渐有了热量，萦绕身旁的乳白色雾气慢慢旋转起来。很快，它的身体像发酵的面团一样迅速扩大，脸涨得通红。有那么一瞬间，我怀疑它会就地爆炸，连忙拉上徐栖往后退去。

　　"猫呢？"我忽然意识到灰猫已经好长时间没影儿了。"在后面！"徐栖指指自助区，只见一团灰色的毛球在地上蹿来蹿去，把肉丸子当球踢。拨、追、扑、摁，全神贯注地对付它的假想敌，完全不管我们这边多么惊心动魄。

紧接着，在快速旋转的雾气当中，暖总发出了一声巨大的、充满无限深情和悲伤的吼声。强大的气流将我们掀翻在地，自助食材区的肉丸鱼丸虾丸、土豆藕片青笋、粉丝海带腐竹，通通飞了起来。

在巨大的吼声和漫天飞舞的火锅食物当中，暖总化作一股旋风，从屋顶上方消失了。店里的温度迅速下降，一同下降的还有盛大的丸子雨。我们不得不抱头钻到桌子下面，才能尽量避免被噼里啪啦的食物们砸中，忙着踢足球的灰猫也赶紧躲到了桌子下面。我们顶着桌子连滚带爬地出了门，回到金杯车上，叶小姐正在里面等我们，怔怔地望着窗外夜空中暖总消失的方向。

四

我们一路飞奔逃离了现场，叶小姐始终一言不发。我不知道是不是该说些宽慰的话，但当我们回到位于虎坊桥的住处时，她已经换回了之前的神情和语气。

"这一天真够累的，好在吃了不少新鲜点心，可以睡个好觉啦。"她打着呵欠，妩媚地看了我们一眼，"明年春天再来找你们哟！"

叶小姐款款地钻进大玻璃罐，闭上了眼睛。

"睡吧，叶小姐。"灰猫给玻璃罐塞上瓶塞，徐栖用黑布把它盖了起来。

"天亮之前给老仙鹤送回去就行。"灰猫说。

时间已经过了零点。我感到房间里有什么发生了变化。早上离开时冷冰冰的屋子现在温暖如春，温热的气息正从骨头深处将我冻硬的手指化开。灰猫欢呼一声跳下徐栖的肩膀，几个起落，稳稳地趴在了暖气片上。它把自己的身体收成窄窄的一条，正好和暖气片一样宽度，双手前伸，双腿往后绷直，尾巴放平，完全地占据了暖气。真没想到这个家伙伸直了有这么长。

"呼，真是……舒服啊！"它发出满意的叹息。

徐栖换上万年不变的红色法兰绒格子睡衣裤，把椅子搬到紧挨暖气的位置贴着坐下，感叹道："北京的冬天真是少不了暖气啊。"

我眼前浮现出暖总离开时那一声痴情又绝望的低吼："我能给整个城市供暖，为什么就暖不了你的心？"

难怪他经常借酒浇愁，我心想。

"叶小姐属蛇，天性喜凉不喜热，和暖总本就是两类。暖总对叶小姐虽然一往情深，实际上只能算做一厢情愿。再说，叶小姐老家很远，吃了很多苦头才在我们这个城市生活下来。你们人类又没过过蛇的日子，就别说三道四了。"灰猫慢条斯理地说。

"我可什么都没说。"我说。如果人与人之间的感情是个谜，我肯定没有解开谜底的本事。从某种意义上说，暖总比我幸运得多。至少叶小姐把他送的戒指随身携带，而我送给前女友的戒指在分手当天就被扔出了十六楼的窗口。

"恋爱真是复杂。"扶手椅里的徐栖拽过咖啡色厚毛毯，把自己仔细地盖了起来，好奇地望向我，"你是怎么说服叶小姐的？我买个汉堡回来，她就把火锅店的线索告诉你了。"

"三流编剧嘛，恋爱谈得多，自然会揣摩女孩子的心思。"灰猫幸灾乐祸地嘲讽。

"好歹我也有所贡献，哪像有的猫，除了扮猛虎下山耍了回威风，一整晚都在拨丸子踢足球。玩物丧志。"我哼了一声，"你是不是一开始就知道绑架暖总的事是老鼠干的？"

它把两只前爪在暖气上摆摆整齐，说道："昨天晚上去热力厂，鼠辈们说暖总没有来，我就问了问今年是谁负责接待。果不其然，负责接待的许总管和它表妹，以及手下百十来号鼠辈都不见了，不能不让人怀疑。它们具体去了哪儿，我并没有什么线索。不过，叶小姐既是鼠辈们的天敌，和暖总又有不同寻常的关系，我想只要请到她出面，事情就解决了大半。"

有道理。灰猫叹了口气，又说："许总管和表妹的事，我早有所闻。然而真要抛弃妻子和总管的位子，隐姓埋名和表妹私奔，却是大家都没有想到的。"

这么说，许老板也是个性情中人。

"我进店的时候，老板娘问我黑道还是白道，正常情况下，像暖总被绑架这种事，是不是也归你们那个什么处管？"我问。

"那自然。派出所管你们人类，特事处管我们非人类。不过今晚这种小事就没必要跟他们走流程了，麻烦。"灰猫不以为然地摆摆手，"精魂们也是有分工的，暖总专业供暖，狐猴专职酿酒，鸟类主做通信，穿山甲跑物流，浣熊们四处洗碗，狼负责安全，犬维持秩

154

序，各行各业，各行其道，城市才能井井有条。"

"那，猫管什么呢？"徐栖问。

"还用问，管贴膘。"我说。

灰猫瞥了我一眼，难得地没有反驳，而是打了一个长长的呵欠，露出两颗尖利的犬齿，然后进入一动不动的睡眠状态。

解救暖总的事就这样有惊无险地结束了。第二天一早，人们都在谈论昨夜终于开始供暖的事，本地新闻照常做了报道。当然，知道事情前因后果的只有我们三个，我们并没有把内幕公之于众的打算。

几个星期后，一个礼拜天的早晨，我们收到了一只包装潦草的纸盒，里面装着一只空玻璃瓶子。我疑惑不解，灰猫也不明所以。徐栖打开玻璃瓶，里面竟然飘出来一朵柔软的白云。

"暖和云！"灰猫叫道，"这可是了不起的东西！"

"暖和云？"

"没错，这是暖总的礼物。"灰猫用爪子拨弄飘在空中的暖和云，爱不释手地捧在怀里。

我摸了摸那朵云，柔软极了，而且确实很暖和，放在手心就像捧着一碗热汤。徐栖捏了捏暖和云，把它团成核桃大小扔进水杯，凉水立刻恢复了温热；我拍了拍暖和云，把它变成蓬松的一片放进被窝，被子立即变得热烘烘的。灰猫立马钻了进去。

"竟然送了这么贵重的礼物。"它闷声闷气地说。

除了暖和云，包裹里还有一袋结实的全麦面包，纸袋上印着"胖嫂面包店"的花体字。

"是东大桥那家面包店！"徐栖高兴地说。

"面包店？"我想起来解救暖总那天晚上，徐栖曾经跟心碎的暖总提过面包店的事。

"看到暖总难过，忽然想到了东大桥那家面包店的老板娘——不是掌管经营的老板娘，而是住在面包里，负责让面包变得好吃的面包娘。我和灰猫准备沉睡地瓜粉的时候去找她帮过忙。那会儿她因为失恋心情不好，面包们的味道一夜之间从太妃糖变成了冰美式。面包娘和暖总很有夫妻相，总觉得他们如果遇到对方，会有顺利的感情。"徐栖说。

"这么说暖总还是去找她了？为了这个才送了谢礼。"我打开面包，掰下一块放进嘴里，"肯定好上了，面包甜了！"

十二月

失踪的栗子

一

我坐在桌边数钱，把粉红色的钞票分成若干小沓放好。猫在暖气上趴成一条，眼皮一眯一眯地打盹，一个不注意，磕到了下巴。它甩甩头，身体的前半段和后半段先后伸了个懒腰，两只圆眼睛恢复了一点儿精神。

"老数它干吗，又不会变多。"它瞟一眼专心致志的我。

"要你管。"我头也不抬。

"喂，三流编剧，做人讲良心。要不是我，你赚得到这笔稿费？"它跳上桌子，毛茸茸的爪子在我的财产上踩来踩去，"话说，你们人类不都用电子支付吗？

干吗还把钱取出来。"

"电子支付花了多少完全没概念，换成钞票就不同了。先把手头的钱按不同用途分配好，要用的时候就从相关的那一沓里拿，剩下多少一目了然，不容易超支。"我说。这个管钱的法子是我从徐栖那里学来的。我打算好好计划一下今后的生活，不再陷入上个月那种衣食无着的窘境。

"那这些分类都是干吗的？"它踩了踩最厚的一沓，"这应该是孝敬我的。"

"做梦。那是房租。"我推开它的前爪，"其余的是饭钱、电话费、水电煤气……"

我一项一项地数着，最后一项是"其他"。

"其他是什么意思？"灰猫不解。

"就是看情况的意思。比如和朋友喝喝啤酒、看看电影。"

"你有朋友？"灰猫更加不解。

我懒得理它，把分好类的钞票夹进不同的书页，放回书架。它也懒得理我，在 iPad 旁边坐下，伸爪按开开关。经过最近一段时间的练习，它已经相当熟练地掌握了触屏的使用方法，不过关闭广告弹窗这种高难度技术活还不太行。它刚一点进 Game for Cats 系列游戏，弹出来的新闻弹窗就挡住了屏幕：

神秘男子夜袭金库，巨额运钞车下落不明！

夜袭金库！这可不一般。我凑过去想一看究竟，但急着玩游戏的灰猫抓耳挠腮地猛催："哎呀这点儿小事有什么好关心的？快关掉，快关掉。"

它七手八脚地关掉新闻，两个爪子争先恐后地扑向游戏里快速移动的光点，我只得由它。

暖气来了之后我们都不爱出门，一连几个星期，灰猫沉迷游戏，我忙着把解救暖总的事写成连载小说，徐栖埋头绘制他的鸟类图谱，还友情为我的小说画了一些插图。在各自的工作之外，我们处理了一些五花八门的求助邮件，解决了几个有趣的谜团，还有一位低调富商大方地让我们搬去他名下的房产居住，省得租房麻烦。

"两位助人为乐、智勇双全，屈居陋室实在辛苦。我经商以来小有薄产，在市区有十来处住宅闲置，两位可以任选一处，免付房租，权当是替我寻回珍宝的一点儿酬谢。"这位吴总讲得十分客气，但我们还是觉得不好意思白住，因此迟迟没有回应。

据说吴总靠玉石生意起家，早年其实是一位诗人，说起话来文绉绉的，颇有几分儒雅气质。退出商界以后，他独居在家潜心书画篆刻，所说的"珍宝"其实是他多年前遗失的一枚玉雕。

为了劝回这位化身玉雕的红颜，我与徐栖、灰猫不得不夜访拍卖行，费尽心思，才说动这位冰雕玉砌的姑娘回心转意。末了，我还被灰猫再次嘲讽"业余三流编剧，专业骗女孩子欢心"。要不是报酬丰厚，这一趟折腾真是得不偿失。

当然，我们选择接受什么样的委托，并不完全取决于报酬，而是很大程度上取决于灰猫的兴趣和我们的好奇心。黄梨失踪事件就是一个例子。

事情发生在一家烤梨店。店老板本人并没有看过我写的小说，邮件是他的儿子发来的。邮件里说，入秋以后，他父亲店里按惯例进了一批黄梨，但新进的梨到了第二天早上总要失踪一部分。奇怪的是，店里没有失窃的迹象，门窗也都完整。即使真的有小偷，又有谁会只偷几个梨呢？因为是新租的铺面，店老板又有些迷信风水，现在受了惊吓，说什么也不肯再做烤梨生意了。

为了解开迷局，这位足智多谋的少东家在地上撒了些面粉，瞒着父亲私下又进了一筐梨。第二天一早，筐里的梨少了三分之一，撒过面粉的地上踩满乱七八糟的小脚印。

"肯定有动物来过。可是到底是什么动物偷走了梨，只有请两位，不，三位，出马了。"少东家诚恳地说。

烤梨是安徽那边常见的小吃，在蚌埠、寿县一带算得上地方特色。我对此兴趣不大，但徐栖爱吃甜食，十分向往。

"你看，把新鲜大梨的头部切下，挖出梨核，塞进红枣、桂圆，然后将切下来的梨头盖上，用牙签固定，放进盛满冰糖水的搪瓷碗中。接着，把搪瓷碗放在有三个抽屉的铁皮箱里，每个抽屉放一只碗，文火细烤二十分钟，梨肉就会像棉花一样软……"徐栖翻看网上关于烤梨做法的资料，完全被吸引住了，期待地看着我和灰猫。

外面冷得很，我不想动，灰猫倒是很有兴趣的样子，说什么"走一趟也好，闲着也是闲着"。

烤梨店店面不大，只有一个出入口，附近散乱地扔着一些树叶，是装卸水果时掉落的。店里摆着几排铁皮小炉子，墙角处几个竹筐盛着黄澄澄的新鲜大梨。撒过面粉的地面上布满小脚印，一直向门口延伸出去。灰猫勘察一番，一副成竹在胸的模样，但它不肯明说，故意等我们开口讨教。

我肯定不能让它得逞，当下捅了捅徐栖："看出什么来了？"

"脚印是猫科动物留下的，也就是说，一些猫偷走了梨。"徐栖说。

"猫偷走了梨？"烤梨店的少东家一副不可思议的样子。

"我们才不偷梨呢，"灰猫撇撇嘴，"三流……"

"不准在外面这么叫我。"我瞪了它一眼。

"没关系，我看了你写的小说，知道你是三流编剧。"少东家忙说。我只好又瞪了猫一眼。

"说说，你怎么看？"那胖子得意扬扬地咧开三瓣嘴。我虽然不是警察，也没有什么侦查推理的本事，但作为一个写过法制节目的编剧，基本逻辑还是有的。

"首先，门窗好好的，没有从外面进入的迹象；其次，店里没有雇用店员，也不存在内部人员监守自盗的事；第三，所有的脚印都冲着一个方向，只有出去的，没有进来的。说明这些偷梨的家伙一开始就在店里。"我说。

"一开始就在店里？这不可能。店里直到打烊关门一直顾客不断，我本人亲自在场，不可能出错。"少东家摇摇头。

"他说得没错，"灰猫罕见地赞成了我的话，"根本就没有什么小偷。"

"没有小偷？"大家惊讶极了。

"嗯哼，这些黄梨是自己离开的。"灰猫径直走向门口，摸了摸地上的树叶，望向徐栖，"你认识这种树叶吗？"

"肯定不是梨树叶。梨树叶是水滴状的，比较小，这些叶子是半圆形，还有绒毛。应该是虎耳草的叶子。"徐栖说。

灰猫点点头，望向少东家："店里种了虎耳草吗？"

少东家虽然接受了灰猫会说话的事实，此刻忽然被问到，还是大为夸张地弹跳了一下。

"您好您好，"他毕恭毕敬地说，"我看看，哦，不是，我们店里没有这玩意儿。嘿，您没提这茬的时候我还真没注意！这是哪儿来的叶子？"

"那就对了，不是梨树的树叶，也不是店里其他的叶子，那么只有一种可能：你进货进来的这批黄梨，并不全是黄梨，而是混进去了相当比例的黄狸。它们头顶虎耳草叶片，变成黄梨的模样，谁也没有认出来。等你夜里把店门一关，它们就恢复原形通通溜走了。这些虎耳草叶子，就是狸猫用来施展幻术的障眼法。"灰猫骄傲地说出了自己的结论。

"黄狸"和"黄梨"把我们三个绕得稀里糊涂，少东家摸摸后脖子，困惑地问："您的意思是，黄色的猫变成了梨，藏在筐里？"

"没错。"灰猫肯定地点了点头，"某些狸猫有幻术的事，想必你们人类也听说过。"

"可是，可是……"

"这种事嘛，说起来匪夷所思，实际上合情合理。你有没有幼……我的意思是，小孩子？"灰猫问。

"有个小子，上小学一年级。"少东家摸不着头脑。

"学校有没有组织春游、秋游？"灰猫又问。

165

"有，每个学期一次。有时候去公园，有时候去动物园。"少东家更加莫名其妙。

"是了嘛。人类的小孩子有秋游，狸猫的小孩子也有啊。最近这段时间，正是狸猫幼儿园每年一度的秋游时间，秋游的目的地，通常就是你们人类的城市了。"灰猫说，"这么小的狸猫还不会熟练的变形术，所以才需要虎耳草叶作为掩护。"

"啥？您、您……您说的这事儿，不会是真的吧？"少东家结结巴巴地说，"可今天第一个来店里的就是我，并没有看见什么狸猫啊！"

"不相信的话，你可以再打开监控仔细看看。注意观察卷帘门附近的情况。"灰猫说。

我也不知道灰猫信誓旦旦的样子是真是假，要是这家伙胡说八道，一会儿我和徐栖可就丢人了。

少东家很快调出监控录像，一开始是晚上，黑乎乎的什么也看不到。他把进度条拖到早晨，随着卷帘门的打开，画面一下亮了起来。按照灰猫的指示，少东家将图像局部放大，很快，我们在卷帘门附近看到了一排飘浮的虎耳草叶子。这些叶子飘在离地二十厘米左右的地方，贴着墙根小心地排成一列。

画面上，站在卷帘门下方的少东家全部注意力都在墙角的梨筐上，他三步两步冲向梨筐，发现梨少了之后，立即检查屋子里有没有藏着小偷，完全没有注意到那排虎耳草叶子正一挪一挪地往门外溜走。

虽然这些叶子看起来像是凭空悬浮，但此刻的我坚信不疑，每一片虎耳草下面都藏着一只蹑手蹑脚的小猫。这些幼儿园的猫一个跟着一个，在撒满面粉的地板上留下了一排圆圆的脚印。它们的幻术确实不太熟练，一个粗心大意的小家伙不小心露出了半条尾巴。

小猫们走出卷帘门外，监控就拍不到了。画面里最后的内容是叶片乱七八糟地落了一地，大概是这些初次光顾人类社会的小家伙太过兴奋，一出大门就迫不及待地把叶子一扔，撒欢跑走了。

"这就是黄狸们的幻术和隐身大法了。"灰猫说。

"我天……我天……我天！我之前也查过监控，但您要是不说，我根本注意不到门口的细节。"少东家目瞪口呆地看着这一切，对灰猫佩服得五体投地。

灰猫十分享受这样的吹捧，自我膨胀地指点道："也没有什么，无非是人类的思维太局限，片面地相信眼睛看到的表象，才总是导致事实摆在眼前却视而不见。"

"可我还是不明白，为什么它们要躲在筐里到我的店里来呢？要说秋游的话，我这儿也没有什么好参观的呀。"少东家问。

"这个嘛，无非是为了蹭车而已。集体活动和长途旅行的时候，坐货车最舒服了啊。"灰猫笑眯眯地回答，"不过，狸猫们通常不会重复使用一个车站，所以选中你的店也只是偶尔现象，这种情况往后不会再发生了，大可放心做生意。"

听了这句话，少东家有些遗憾："都说黄狸招财，我还真希望它能够常来呢。"他感激地请我们一人吃了一盅烤梨，又给了一张名片，让我们任何时候想吃烤梨就尽管过来。徐栖立马把名片收下了。

几天后我们再次路过烤梨店，门口已经摆上了醒目的招财猫摆件，两侧的地上也摆了几小碟猫粮。看来，少东家是真的希望黄狸可以再次光顾，带来好运。

玉雕美人也好，黄梨失踪也罢，自然新奇有趣，但合租的麻烦也随之而来。虽然灵长类是群居动物，但我显然不是个习惯和他人相处的猴子。人际关系最麻烦的地方就在于一旦开始熟悉，就没法倒退回去。

在灰猫出现之前，我和室友点头之交、相安无事，如今两个没工作的人朝夕相处，实在是灾难。徐栖搬回来没多久，我就感到生活不像以前那么自在，深夜工作不好听音乐，看电影不得不戴上耳机，用过的碗筷要尽快清洗，洗衣机里的衣服最好也不要隔夜……甚至连作息都不由自主地变得正常起来，以免自己白天呼呼大睡，让需要做饭和使用客厅的室友放不开手脚。

真是麻烦啊！

更可怕的是，我经常一觉醒来发现客厅整整齐齐，阳台上的晒衣架按颜色分类排列，桌上的杯子把手朝向同一个方向，甚至盘子里的饺子都站成了 6×6 的方块队，好像只要我一声令下，它们就会迈开正步，接受检阅。

不仅如此，写作也遇到了困难。我习惯用纸笔先写草稿，因此在屋角备了个字纸篓，写废的稿纸团子顺手一扔，命中率只有十分之一也无所谓。最近，字纸篓旁的纸团们莫名其妙地不见了，自然是徐栖帮我捡起来扔了进去。这让我十分焦虑，导致每次揉了纸团都没法像之前那样潇洒地一扔了事，而是必须亲自走到字纸篓前面、看着扔进去才放心。这样一来，我就像把自己的脑子也扔了进去似的，一连几个小时什么也写不出来。这一切都被蹲在暖气上的灰猫看在眼里。

"啧啧，真不知道你以前的室友是怎么过来的。"它袖手旁观地说。

以前的室友？都是些莫名其妙的人，不知道为什么，没几天就纷纷搬走了。

又过了几天，我实在没法再忍，但当面找麻烦这种事我又做不出来。按照惯例，我会在某个时刻表面平静但内心暴怒，然后消极抵抗、人间蒸发，最后不是他搬走就是我搬走，反正一拍两散，再无交集。我这么想着的时候，猫就蹲在暖气上斜着眼睛打量我，好像在琢磨什么阴谋。

一天上午我正在睡觉，猫不急不忙地从我脑袋上踩了过去。我把它扔下床，睁眼看见徐栖正在收拾地上的纸团。被猫踩醒是不会有什么好脾气的，我想也没想就说："以后我没扔准的纸团，能不能不要帮我收拾？"

"地上这些？"徐栖十分无辜地看着我和猫。

"对。留在地上好了，我自己会收拾。"我没有解释。被当成孤僻的人也无所谓，反正早就习惯了。

"没问题。"他十分爽快地答应了，一点儿介意的样子也没有。我心中多少有点感激。

第二天，字纸篓旁边的纸团果然被留在了地上——它们以相等的距离，围绕字纸篓排成了一个圈。

"这样看着就舒服多了！"鸟学家愉快地说。说实话，我还从没碰过这种软钉子，不，简直就是奇形怪状的特种钉子。

算了。

徐栖之外，灰猫也不是什么省心的室友。它组织了一场名为"是否赞成三流编剧用买香烟的钱来买糖炒栗子，并和室友分享"的投票活动，它和徐栖都投了赞成票。

"烟嘛，推开窗户就能吸，干吗花这个钱。"它说。

于是我被迫上交存粮，徐栖承担了每天下楼买栗子的任务。这样的生活真是暗无天日。

不过，在我趴在桌边数钱的这个上午，从超市回来的徐栖一手抱着一瓶豆奶，另一只手却是空的。

"楼下炒货店的糖炒栗子断货了。瓜子、蚕豆、开心果、榛子什么的都正常供应，只栗子没有。老板说今早送货的没来，跑了几家店都是这样。"他说。

我从椅子上一跃而起，从书柜最顶端坏掉的烤箱里摸到了香烟。

"这可不算我耍赖。"我理直气壮地说。

得益于栗子缺货的事实，我的戒烟行动顺利结束。第二天黎明时分，我终于完成了上一篇小说的结尾，拉过被子倒头就睡。不幸的是，我刚睡着不久，外面就传来了猛烈的捶门声。

二

"别敲了！有人在睡觉。"徐栖压低声音跑去开门，话音未落就被猛推开的房门拍在了墙上。

"别动！"一个矫健的人影迅速将他摁住，闪电般搜了一遍。

我的脑袋沉没在熬夜后的混沌之中，掀开被子就要跳窗逃跑，爬起来才意识到身处十六层。就这么一瞬间的犹豫，另一条人影大步冲上前来，出手就将我的胳膊拧到了身后。

"叫什么名字，说！"

"叫你大……"

"爷"字还没出口，我就趴在了地上，徐栖吓了一跳，张口就是"两位好汉"，话没说完，也挨了一家伙。

完了。这家伙本就思路奇特，被这么一吓，估计更要鹤立鸡群。

正在这时，一团灰色的毛球从玄关衣帽架上嗖地飞了出来，直扑敌人面门。只见它十多斤的身体凌空一个回旋，前爪张开，五道利刃潇洒地呼了下去。对方惨叫一声，放开徐栖，双手捂住鼻子摔倒在地。

他倒在地上的瞬间，变成了一只灰白色的哈士奇。

见同伴吃亏，摁住我的那家伙一个飞身蹿了出去。灰猫往衣帽架后一躲，对方直直地撞在了衣帽架的枝丫上，先是摔进墙角，然后被倒下来的架子砸在了身上。

大堆衣物下面，露出来一截毛蓬蓬的尾巴。

灰猫再度亮出利爪，揪住那家伙的两只耳朵，狠狠一抓。狼嚎般的惨叫立刻响彻走廊。

"信不信爷爷挠花你！"灰猫凶巴巴地说。

之前倒在地上的哈士奇放开血淋淋的鼻子，看准灰猫的后颈张开大嘴。灰猫飞起后腿，一脚正中它的下颌。

屋里瞬间安静。我和徐栖呆若木鸡，灰猫趾高气扬，保持着刚刚回旋踢的造型。

几秒钟之后，它转了转圆圆的眼珠，望向徐栖："快帮一把，腿抽筋了。"

徐栖回过神来，连忙把姿势僵硬的灰猫端起来抱在怀里。我惊魂未定地找到拖鞋，隔着三米远，小心翼翼盯着倒在地上的两只哈士奇。

"这是什么情况？"我问。

"好一阵子没动手，有点儿不适应。"灰猫以为我关心的是它，一边说一边试着活动后腿。

敞开的房门外传来一阵急促的脚步声，一个浑厚的声音喝道："你们俩给我回来！"

灰猫竖起耳朵，神情一肃，低声对徐栖说："快，把我放到冰箱上去。"

尽管摸不着头脑，徐栖还是言听计从地把猫放到了冰箱顶端。那是我们客厅里最高的位置。

紧接着，一个穿皮夹克的男人出现在门口。他三十来岁，一米八出头，和徐栖差不多高，看起来却截然不同。徐栖穿着皱巴巴的法兰绒格子睡衣，头发蓬乱。这个男人却精干有力，皮肤黝黑，脸孔轮廓分明，短发精神抖擞，两条海苔似的浓眉下面是一双炯炯有神的眼睛。我立刻认出了他：中秋之夜湖广会馆戏台前带枪的那个人。

糟了，肯定是灰猫犯事儿了。

"我们新来的实习警员，没伤着你们——"他猛然看到地上东倒西歪的两只哈士奇，止住话头。两条海苔眉中间燃起一股怒气，又生生憋了回去。

"——就好。"他生硬地说。

我抄着手站在门口，没有让他进来的意思。猫啊猫，你在正义的边缘反复试探，早晚有今天！我咬牙切齿地想。希望它能赶紧想个什么办法开溜，不要连累我和徐栖，主要是我。

见我不肯让路，海苔眉从皮夹克内口袋里掏出证件，晃了一下。

"我是市局特别事务处行动队队长，汪全勇。新来的同事以为今天的行动是实施抓捕，急着立功，还没听我说完就冲了出去。你们见谅。"他说。

汪队长瞪了一眼倒在地上的下属，两位哈士奇勉强爬起来，灰溜溜地低下了头。

"还不给我回车上反省去！"汪队长低声喝道。

它俩一个捧下巴，一个捂耳朵，一溜烟就不见了。

汪队长解释道："我找苗飞虎。"

嗯？我和徐栖对视一眼。

"没有您说的这人。而且您的证件好像也没印对。"我说。这个自称汪全勇的人掏出来的根本不是什么警官证，封皮上居然画着一只松狮。我打算关门送客，对方却伸出一只胳膊，挡住了房门。

"特别事务处属于独立部门，和你们的徽章不一样，这就是我们的官方标志。"他黑着脸一字一顿地重复了一遍，"我找苗飞虎。"

这个人威严起来确有一种让人不敢拒绝的气场。可是，我们这里确实没有什么和虎沾边的东西。

冰箱顶上的猫科动物清了清嗓子："我说……"

我们三个一齐望向屋里，只见高高的冰箱顶上逆光站着一个胖子，阳光给它浑圆的轮廓染上一圈五彩光晕，有点天神下凡的意思。

汪队长一见灰猫，立刻扬起海苔眉，见到救星般喊了一声："可算找到你了！"

真是意外，和灰猫住了这么久，现在才知道这家伙还有大名。

"汪队长，"灰猫俯视我们，语气冷淡，"你的人动了我的人，这笔账怎么算？"

"你的人？"汪队长收起证件，惊讶地打量了我和徐栖一眼，"你最近跟人类住在一起的传闻是真的？"

"我确实好心地收留了他们，并且交给他们一些力所能及的简单工作。本质上我还是比较心软。"灰猫慢条斯理地舔了舔手，"再说，我和你们不一样，我习惯了被人伺候。"

汪队长一本正经的脸黑了下去。

"你能找到这儿来，说明江湖上关于我的消息流传得很快嘛。信使说的？"灰猫漫不经心地问。

"她说你雇了两个人类，一个还不错，另一个一塌糊涂。"汪队长打量着我们的房间，拎起装过糖炒栗子的空纸袋闻了闻。

一塌糊涂的自然是徐栖，"还不错"应该是说我。我暗想。

"说吧，找我什么事。"灰猫单刀直入。

"有人抢了银行。一夜之间，金库被人洗劫一空，连运钞车都消失了。"汪队长抬着脖子仰视灰猫的宽脸，"你下来说话行不行？"

我想起了前两天被灰猫关掉的那条新闻，难道眼前这位汪队长就是这件大案的负责人？

不过，灰猫似乎不太买他的账，慢吞吞地说："这种事可不归你管啊，更犯不着找我出主意。"

"自然不是人类的银行，也不是一般的劫匪。"汪队长看看我和徐栖，欲言又止，"具体案情还在保密阶段。"

"这样啊。"灰猫抬起一条腿，肆无忌惮地舔起腿毛来。

见它不为所动，汪队长从口袋里掏出一只信封，放在桌上。

"上次的事，奖金都在这儿了，昨天刚发。你能下来了吗？"

灰猫一看见信封，立刻放下了腿："这次我七你三，怎么样？"

汪队长咬咬牙，没有反对。灰猫满意地抖抖毛，向徐栖招招手，徐栖立刻站到冰箱旁边，让它踩着自己的肩膀跳下地面。

"坐下说吧。"灰猫往徐栖的豆包沙发上一靠，四肢平展，顺手摸过一根鱼干叼在嘴里。它指指我和徐栖："这两个是自己人，不用担心。"

汪队长谨慎地看了我们一眼，在扶手椅上坐下，略一思索，道出了事情原委。

失窃的是新发地农贸市场的一座坚果仓库。这里表面上是个普通仓库，实际上是啮齿类商会的秘密库房，存放了大量价格不一的坚果，最贵重的就是迁西油栗。前天，也就是十二号夜里，有人不知道用什么方法进入了这个秘密仓库，把所有油栗洗劫一空。现场没有任何强行进入的迹象。此外，仓库后面一辆平时用来运输坚果的红色小货车不见了。

原来是栗子被盗了，难怪徐栖说炒货店买不到糖炒栗子。可是，仓库失窃和打劫银行有什么关系？即使丢了一屋子上好的栗子，恐怕也值不了多少钱。

徐栖同样一头雾水："你们讲的不是抢银行的事吗？怎么说到栗子了？"

汪队长疑惑地看着他："这不是一回事吗？"

"我说吧，你根本不用担心他们泄密。人类什么都弄不明白。"灰猫慢条斯理地解释，"坚果仓库就是啮齿类的银行金库。对它们来说，普通坚果是食物，某些特殊的坚果就是硬通货了。不同种类的坚果相当于不同面值的货币，栗子最贵，榛子其次，松子便宜些，最小面额的是葵花籽。迁西油栗是所有栗子里最值钱的，你可以理解为金元宝。按照啮齿类和人类的协议，每年啮齿类会从新收获的坚果里分一部分给人类作为食物，这部分坚果会提前经过特殊处理，不再具备流通价值。"

"类似消磁？"徐栖问。

"可以这么理解。有的年份啮齿类奉行货币紧缩政策，分给人类的坚果就会少之又少，有的年份它们获得大丰收，为了避免通货膨胀，就会给人类多分一点儿。人类社会每年得到坚果的多少，完全是由啮齿类商会决定的。"灰猫说。

原来如此。

"这次失窃的坚果本来是要分配给人类的，但还没来得及消磁，因此仍然具有流通价值。一旦流入市场，就会对啮齿类的金融安全造成巨大危害。"汪队长发愁地说，"现在上头压力很大。"

"这次丢了多少？"我小心翼翼地问。

"一吨。"汪队长回答。

"一吨？"徐栖跳了起来。

"没错。按一斤油栗一百个算，这次丢的就是十万个栗子，不连号的。"

我倒吸了一口凉气。

三

事件的严重程度让灰猫难得地严肃了一分钟。这也是我们第一次得知灰猫在市局有不少关系，和战功赫赫的汪队长算得上黄金搭档。由于灰猫不愿意进入体制内工作，便常年以编外顾问的身份行走黑白两道，"五仁火并事件"时也是如此。

信使的背景更加复杂，据说她曾是一名出色的情报员，卧底任务结束后她没有再回警队，而是成了身份神秘的独行者。

"即使再错综复杂的劫案，抓住几个主要环节也可以掌握案情。虽然信息有限，但有一点很清楚：这个案子不太可能是人类干的。"灰猫沉思片刻，得出结论。

我完全同意灰猫的意见，既然啮齿类将坚果作为硬通货的事实鲜为人知，那么一般的人类也就不具备作案动机。如果其他种类的精怪得知这个秘密后打劫坚果银行，它们也面临赃款变现的难题，除非有啮齿类的内应帮助洗钱，不然很难办到。

"啮齿类警惕性很强，和其他种类的精怪结盟的可能性不大，打劫坚果银行的十有八九就在啮齿类内部了。"灰猫说。它指指我们，说："事情可以办，这两个人我得带着。"

"你要助手的话我们处的阿泰可以借你。"汪队长说。

"不要，太吵。"灰猫毫不客气地拒绝了汪队长，"端汤倒水递鱼干这种事，人类最合适。"

汪队长只好尽数答应了灰猫的条件，破例让我和徐栖加入。等他走了，灰猫才高兴地一下蹿上桌子，欢呼道："有钱了！三人三份奖金，快谢我！"原来它打的是这个算盘。

"你怎么比人还贪钱啊？"我问它。

"本猫当年金樽美酒斗十千，东海明珠当球戏，这点儿小钱算什么……"它感叹地喵了几声，把我杯子里的隔夜茶一饮而尽，又噗地喷了出来，一脸苦相地摇头，"唉唉光阴似毛线，浑欲不胜簪。"

"扯，接着扯。"我们一如既往，谁也没把它的猫言猫语当真。它总是冷不丁冒出几句诗词，对简单的成语却又经常不懂，对老电影很熟悉，对网络时代却又十分陌生。我有一种感觉，它的世界是零散的，并不连贯。每当我问起，它就倒头熟睡，两耳不闻窗外事。

按照灰猫的要求，汪队长很快安排我们去现场勘查情况，此外还拥有询问证人、调取监控、查阅资料的特权。我们就这样被塞进了汪队长的警车，只有徐栖高高兴兴的。

"我第一次坐警车！你也是吧？"徐栖兴奋地小声问我。我懒得理他。

新发地是北京著名的蔬菜水果生鲜批发市场，位于南四环外京开高速旁边，不远处就是长途客运站。为了农产品运输方便，这个区域公路交通非常顺畅，每天进出车辆无数，嫌疑人作案后逃脱易如反掌。

虽然这里负责全城农产品中转、供应，但一般居民并不会来这儿，更不会知道这里还是许多精怪的秘密储藏基地。

"居住在城市里的精怪们虽然大部分接受了人类的饮食方式，但总有一些各自爱吃的家乡口味，不时需要照顾一下。比如鼹鼠们爱吃烤蚯蚓，刺猬们爱吃新鲜浆果，猫科动物喜欢鱼虾，熊喜欢蜂蜜，穿山甲爱喝绿蚁酒，等等。这些专供它们的食物同样经过新发地中转，再流向市内的商铺。"汪队长向我们介绍。

　　我从没在市面上见过这类店铺，估计也是什么秘密的所在，不容易被人发觉。

　　"像您这样长期在市局工作的警官，也会留恋家乡口味吗？"徐栖试探着问。

　　"是的。酱骨头、羊蝎子这种北方菜我特别喜欢，糖醋小排什么的就差点儿意思。"汪队长回答。他和徐栖坐在前排，我被两个警官挤在后排中间，膝盖上还端着一只猫，心情恶劣。从路边一些游手好闲的人打量警车的眼神来看，这地方必定卧虎藏龙。汪队长的话证实了我的猜测。

　　"这里看起来只是个农贸市场，实际上精怪们帮派林立，治安很不好弄。经常有黑市交易，违禁物品屡禁不绝。"说到这里，他看了一眼灰猫。灰猫不自然地移开视线，轻描淡写地说了句"猫薄荷又不算什么大

184

事"。汪队长继续说道："有时候遇到紧俏物资，或者陈年旧怨，还会引发一场混战。去年，卤水鸭和盐焗鸡为了争地盘大打出手，局里不得不申报上级，派出一群燃鹅，才把局面控制住。"

"什么鹅？"

"燃鹅，我们的空中力量。"汪队长说。

好吧。虽然听起来是一支神勇的作战小队，但我眼前浮现出的只有烧腊店红通通、油汪汪的烧鹅。

穿过低矮混乱的露天市场，一排水泥墙坯的仓库出现在路两旁。这些仓库的外貌千篇一律，有点像经过加固的蔬菜大棚。仓库大门紧闭，没有窗户，从虚掩着的小门里，可以看到保安们的身影。

"那些是守门员，每个仓库都有，大部分有点儿拳脚功夫，要么就是不再年轻的马仔。"汪队长说。

警车在一座拉着警戒线的仓库前停了下来。一位高大、黝黑的警官正在冷峻地给手下布置任务，见到我们，他从姿势到表情都没有任何变化。

"这是负责区域治安的罗警官。"汪队长介绍道。

"我是罗威。库房在里面，要看什么自己看。守门员在门边，要问什么自己问。"罗警官说。

时势造英雄，管得了这里的果然得是硬派人物。

仓库大门的门框上倚着一位老汉，身穿灰色旧棉衣，手捧一只保温水壶，眼皮沉重，止不住地犯困。

汪队长过去叫了一声"忠叔"，老汉毫无反应。

"他年轻的时候号称轻量级拳王，是啮齿类商会总管的贴身保镖，后来年纪大了反应慢，就被发配到这里守仓库。"汪队长无奈地说，"你现在问他一句什么，半小时后才给你答复。录个口供都花了一整天。"

"案发时他在现场吗？"灰猫问。

"二十四小时都在。"汪队长抬了抬海苔眉，"当时他就在现在这个位置，听到仓库里有一阵细碎的脚步声，立即进屋查看，但这时栗子已经不见了，后门传来汽车发动的声音。忠叔第一时间报了警。接警时间是凌晨两点。"

"劫匪挑选凌晨作案，看来经过了一番计划。"灰猫说。

"不过，忠叔的证词和监控的情况对不上。"汪队长说，"凌晨两点这个案发时间段里，监控什么也没看到。"

"咦？"

"难题就在这里。忠叔和监控都是不会说谎的。"

汪队长皱起眉毛，"先进去看看吧。"

仓库简陋昏暗，一开始我什么也没看见。罗警官打开墙上的电灯开关，我惊讶地发现自己并非身处一座普通仓库，而是更像位于一个藏宝洞中央，周围满坑满谷地堆满了坚果。

每一座由坚果堆成的山上都插着一块金灿灿的牌子，写有花生、瓜子、开心果、榛子、杏仁、板栗等不同名称，写着"迁西油栗"的牌子被扔在地上，之前属于它们的位置现在是一小片空地。

不知为什么，我感到眼前的坚果们散发出一种模糊的光芒，就像金山银山一样令人沉醉。"金库"之称名副其实。

屋子另一侧放着已经装箱打包好的坚果。这些坚果不再拥有那种摄人心魄的魅力，看起来和市场上卖的坚果没有区别。

"只要被松鼠的门牙嗑过，坚果就自动失去了货币身份。"汪队长解释道，"这些是已经经过处理的坚果，不再具有货币流通价值了。"

"你的意思是，我们买到的坚果都是松鼠嗑过的？"我惊讶地问。

"是的。工作日的白天这里会有几个员工上班，工作内容就是嗑坚果。不过，案发当天他们提前下班，五点不到就离开了。"汪队长说。

"为什么？"

"当天是几家电商联合打折的日子，许多公司都提前下班以便员工安心抢购，啮齿类商会也不例外。反正，即使正常上班，大家也会心不在焉的。"

"会不会有员工趁机返回作案？"

"我们查过了，那天下班之后他们全都在宿舍刷手机，连饭都没顾上吃。"汪队长无奈地说。

我们仔细检查了仓库内部，没有暗道，没有窗户，除了紧锁的大门，没有任何出入渠道。仓库的后门通向停车场，被盗的红色小货车之前就停在这里。

后门只能从内侧打开，平时都锁着，那天晚上也不例外。

至于被盗的小货车，因为属于啮齿类的运钞车，和土拨鼠借给我们的金杯车一样，是监控拍不到的特种车辆，想要通过人类交通系统来追踪十分困难。

"既然如此，调监控吧。"灰猫说。

仓库里并没有电脑屏幕或者监控室。罗警官吼了一嗓子："调监控了，都给我下来！"

空中忽然响起吱吱的叫声，几片阴影从仓库天花板的四个角落快速向我们滑来。和鸟类不同，这些动物的出场具有一种令人毛骨悚然的效果。

阴影落在了我们面前。竟然是四只垂头丧气的蝙蝠。

它们长着毛茸茸的灰黑色身体、贼溜溜的绿豆眼睛、皱巴巴的小脸，大概因为习惯了倒挂，这会儿正东倒西歪地试图站直。

"把你们看见的情况再说一遍。"罗警官命令道。

四只蝙蝠你看看我，我看看你，推出最瘦小的一只回答问话。

"凌晨两点静悄悄——"小蝙蝠说。

"静悄悄。"其他几只蝙蝠附和。

"地上栗子不见了——"

"不见了。"

"我们什么也没看到。"

"没看到。"

活生生会说话的监控，我还是第一次见识。

"这些蝙蝠夜视功能和听觉一流，很适合监控的工作。它们都没看到的话，十有八九是真的没有发生。"

灰猫告诉我们。

"行了，回去待着。"罗警官一声令下，四位"监控"又扑棱棱飞回了屋角，一动不动地倒挂起来。

为什么忠叔明明听到了动静，监控却什么也没看到？

"有没有可能像黄梨那个案子一样，用了隐形幻术？"徐栖问。

"我刚刚也在想这个问题，可能性很小。隐形幻术能维持的时间和范围都是有限的，这么多栗子要搬运，还得开车，不可能全程隐形。即使嫌疑人隐形，栗子和车也不可能隐形。"灰猫摇了摇头。

我们走出仓库，回到大门外。冬日雾霾笼罩，阳光在尘土中发出隐晦的热量。门框边的忠叔缓缓转过头，对汪队长露出笑容："你——好——啊——"

大概是对此前汪队长问候的回应。

我们正要回到车上，徐栖忽然停下脚步，对汪队长说："能不能再调一下监控？"

"怎么了？"

"我想到一些事情，还不能确认。"徐栖说。

"让他去，这个人类思维很清晰。"灰猫立刻表态。我们快步走回仓库，四只蔫了吧唧的蝙蝠再次歪在我们面前。

"来一个答话的，其他的都别给我吱声。"罗警官下令。

这次，蝙蝠们推举了个头最大、哆嗦得最厉害的那个。

"请问一下，你们的视觉能力白天是不是比较弱？"徐栖问话的样子很礼貌，像是在做田野调查。

"没……没错，我们只……只上夜班。天……天黑，才上班。"大蝙蝠说。

"发现栗子不见的时间是什么时候？"徐栖问。

"一……一上班，栗子就……不见了。"大蝙蝠说。

徐栖又问："夜班具体几点钟开始？"。

"大……大概是五，六……七……七……八点钟——"

灰猫听出了话里的问题，竖起耳朵。汪队长和罗警官也皱起眉头。

"到底几点钟？"罗警官声色俱厉，瞪了大蝙蝠一眼。

"五……五……五……"大蝙蝠被这么一吓唬，结巴得更厉害了，缓了半天，终于蹦出了自己想说的话，"……六点钟！"

这不可能。报告上写的案发时间是凌晨两点，如果监控们上班的时间是傍晚，那这里面绝对有问题。

"从五点钟员工下班，到六点钟上班发现栗子消失，这段时间你们在做什么？"徐栖问。

一听这个问题，蝙蝠们脸上显出愉快的表情，回答也踊跃起来。

"那会儿是傍晚——"

"我们在早餐——"

"早餐吃西瓜——"

"除了吃西瓜，什么也没干。"

徐栖点点头，两条眉毛舒展开来，对汪队长说："案发时间并不是之前我们认为的凌晨两点，而是下午五点到六点之间。"

"什么？"两位警官面面相觑。

"蝙蝠们白天看不见东西，因此并没有看到作案过程。等天黑透，蝙蝠们恢复视力，坚果们已经失窃了。"徐栖说。

"怎么可能，忠叔听到响动，第一时间冲过去报警，这个时间明确是凌晨两点。"罗警官说。

"接到报警的时间确实是凌晨两点，可他听到响动并不是在同一时间。"徐栖说，"忠叔应该是树袋熊吧？各位，他的'第一时间冲过去'，可不是我们想象的那样啊！"

两位警官眼中的迷雾逐渐清晰，纷纷露出不可思议的表情。

"忠叔确实是树袋熊，我们竟然忽略了这一点。"罗警官懊恼地说。

"所以，事情发生在下午五点到六点之间，忠叔听到动静也是这个时候。不过，等他冲进仓库，再冲回来报警，已经是凌晨两点了。"汪队长也恍然大悟。

这就是为什么蝙蝠们说两点钟什么也没看到，因为这时候离真正的案发时间已经过去了好几个钟头。徐栖注意到的正是大家都忽略了的细节，虽然整个案子的脉络还不清楚，但监控和口供对不上的问题已经有了答案。

"一进一出，花了八个小时……"罗警官咬牙切齿，灰猫用前爪捂住了眼睛。

"你是怎么想到的？"汪队长对徐栖有些刮目相看。徐栖认真地回答："我记得您说忠叔反应比较慢，刚刚您和他打招呼，他确实过了好一阵子才回过神来，于是就想到了树袋熊。这种动物确实比较特殊，如果你打它一下，它一个月以后才会还手。"

我吃惊地看着徐栖："真有这么夸张？"

徐栖得意地笑了起来："没有啦，它们只是反射弧比较长，我刚刚是在讲笑话。哈哈哈哈哈哈。"

现场鸦雀无声，空气凝滞。我刚刚还在为徐栖找到案件突破口感到高兴，这会儿已经在考虑换室友的可能性。

"这么说来，以前的调查方向完全不对，需要重新调整。"汪队长皱着眉头，"这么多栗子，总不可能一下子全部吃掉，只要一进入市场流通，我们就能发现蛛丝马迹。不过在圈定嫌疑人这件事上，我们除了基本确定对方是个啮齿类，还没有更多思路。"

"我想，除了是个啮齿类，疑犯很可能对人类的电子商务和消费习惯非常了解。"我说。

"为什么？"汪队长问。

"从他选择的作案时间可以看出来。十二号那天所有人都在电脑和手机上疯狂抢购，劫匪挑这个时间下手应该是经过考虑的。"我回答。

"有道理。"汪队长犹豫着用右手搓了搓下巴，"你

194

也是做刑侦工作的吗？"

"不不不，"我连忙摆手，不好意思地说，"我只是给电视台写过几集法制故事的脚本。"

"那个每天中午播出的法制节目？我也爱看！"汪队长惊喜地说，"我还按照那个主持人的姿势摆拍过照片，挂在局里的光荣墙上了。"

灰猫鄙夷地看了一眼比划姿势的汪队长："行了行了，你们先出去，让我们在这儿静静。"

他俩一走开，这家伙立即对我使了个眼色。

"快，揣一把放兜里。"灰猫低声说。

"啊？"偷坚果这种事，我可没干过。

"快点儿，我没兜，不然还用得着你？"灰猫着急地看看门口，两位警官正背对我们抽烟，隐约有"玩飞盘"之类的词飘过来。

我只好闭着眼睛抓了一把放进口袋。

"再多拿点儿！"

我只好又在周围几堆坚果里胡乱抓了几把，塞进徐栖的口袋。一支烟的工夫，两位警官折了回来，灰猫已经若无其事地坐在空地上舔起了手。我和徐栖口袋鼓鼓囊囊的，脸上都很心虚。

"这样吧，你们先排查嫌疑人，我去找找其他的门路，打听打听栗子的去向。"灰猫说。

"秘访这种事就有劳你了。"汪队长点点头。

"我还有个问题，"我忍不住开口，"既然是这么重要的仓库，为什么不多弄几个守门员？至少也不能是树袋熊啊。"

"话是这么说，但实际上保守秘密比增加人手更为重要。对坚果的特殊价值知道的人越少，坚果就越安全。这一点上忠叔是最好的人选，低调也是最好的伪装。"汪队长答道。

等我们回到虎坊桥的住处，楼下早已围了几个买菜遛弯回来的老头老太。我们一从警车上下来，就受到了注目礼的待遇。

徐栖悄声问："为什么你一靠近，他们就不说话了？"

这是什么话，又不是我的原因。

"他们看见我们坐警车，以为咱犯事儿了。"我好脾气地解释。

徐栖的表情更加困惑，又问："那为什么以前那些同学看见我靠近也不说话？那是课间，我可没有坐在警车上啊。"

我看了他一眼："可能是你成绩太好了。"

"不会的不会的，"他把头摇得像拨浪鼓，"每次考完，我都反复跟他们强调我考得不够理想，还拿自己的卷子给他们看作为证明。"

"你这是在讲笑话吗？"我问。

"没有啊！我很少讲笑话的。"他真诚地回答。

四

接下来的时间在等待中度过。汪队长按照我们框定的范围，在有电商从业经历、十二日傍晚有作案时间的啮齿类当中筛查，这个过程有如大海捞针，两天之后仍然一无所获。

真没想到我们这个城市生活着这么多啮齿类小动物，难怪坚果类零食总是销量可观。在汪队长的排查记录中，我甚至发现好几位赫赫有名的商界领袖其实是豚鼠。

此时距离案发已经过去四天，调查仍然没有突破性进展。警方发布了悬赏令，凡是提供重大破案线索的市民都能获得不菲的奖金，引来各路民间神探献计献策，真假消息满天乱飞。汪队长的海苔眉阴云密布，据说已经不休不眠，彻底住在了警队值班室。

不过灰猫一点儿也不着急。它经常独自出门散步，好半天也不回家，还有的时候大半夜突然出现，从窗台跳上我的肚皮。

这天傍晚，灰猫头上戴着一顶窄檐黑色呢子小软帽，举着尾巴施施然回了家。信使跟在后面，手里拎着一提饭盒。

"这身打扮怎么样？"灰猫自我陶醉地照了照镜子，"自从照顾你们两个人类，我好久没穿高级定制的东西了。"

这顶帽子一看就是为灰猫量身定做，帽子上有两个小洞，正好可以让两只耳朵伸出来，既舒服又不容易掉。

徐栖新奇地拨弄着小圆帽，连声称赞："我们灰灰真是太好看了。"

信使把饭盒放在桌上，脱下黑色呢子外套挂上衣帽架，我忽然意识到季节变换悄无声息，和她上次见面已经过去了两个多月的时间，圣诞就快到了。

"下午带飞虎去成衣店，顺路买了些外卖。"信使淡淡地说。我并不知道城里有哪家店是专门给猫做衣服的，大概也是类似仙鹤堂的所在吧。只不过灰猫这家伙，这么棘手的案子摆在前面，竟然还有心思逛街。

外卖看起来很不错。我选了炒河粉，灰猫选了三文鱼饭团，徐栖选了叉烧包，信使要的是玉米酥。灰猫吃鱼的时候喜欢用前爪先按一按再下口，据说这样一摸就能知道三文鱼的优劣档次。

"晚上带你们去一趟什刹海。"灰猫舔舔嘴唇上的海苔碎，"大鲨鱼酒吧听说过吗？城里饮品最棒的店。"

"大鲨鱼？哪有这样的地方？"我以前认识几个在酒吧驻唱的朋友，对那一带的店面也算熟悉，从来没听说过这一家。

"这家店最初是一条鲨鱼开的，后来鲨鱼改行玩乐队，把店盘给了章鱼。虽然酒吧的名字还叫大鲨鱼，但现在店里已经没有鲨鱼了。当然，章鱼也只是前台调酒师，真正的老板另有其人。"灰猫说，"既然老汪在锁定嫌疑人这件事上没什么进展，我们就只能从栗子的去向入手。大鲨鱼是消息最灵通的地方，可以去那儿碰碰运气。"

"去！我还从没喝过酒呢。"徐栖期待地说。

"这家店很少有人类顾客，你们最好打扮打扮。"
灰猫说。

"有道理。我也戴上帽子！"徐栖兴冲冲地跑去卧室，片刻之后又跑了出来，头上戴着一顶橘红色和明黄色相间的毛线帽子。帽子不但有两只护耳，顶上还有一个绒线球。

"这是参加地理学会的纪念品，十八世纪的款式，去酒吧再合适不过了。"徐栖满意地摸了摸自己头顶的绒球，我们谁也没说话。他可能以为自己要去的是维京人的酒吧。

我翻出一顶鸭舌帽，和大衣配在一起，看起来也有点不伦不类。

夜色降临，我们鱼贯而出。楼下的老头老太看到我们的装束，再次行起注目礼。

十二月的冬夜果然严寒，比解救暖总的时候还要冷上许多。我们穿过老城区的街巷，把车停在了什刹海荷花市场门口。

上次来这里还是很久以前的事了，当时的女友喜欢滑冰，一到冬天就让我陪她来冰场玩。如今湖面依旧冻得严实，夏季里四处漂荡的鸭子船们被收到了岸上，我也仍然过着莫名其妙的生活。

我们沿着湖岸摸黑走了一段距离，灰猫从徐栖怀里伸出脑袋。

"停。"

四围黑漆漆的，因为天冷没有生意，往日灯光浮夸的酒吧大多处于歇业状态，只有湖心岛上隐隐透出热闹的灯光。

"这里？"

除了冷风、一些盖着防雨布的鸭子船、一间夏季用来卖船票的小木屋，这里什么也没有。

"就是这里。"灰猫指了指小屋。

一阵寒风从湖上吹来，我竖起衣领。这间木屋看起来已经几个月没用过了，门上的挂锁脏兮兮的。

灰猫伸出右爪，在玻璃售票窗上轻轻扣了三下。

不一会儿，售票窗嘎吱一声打开，一个老头的声音传了出来："是'戴帽子的猫'苗先生啊，贵客。"

这间黑咕隆咚的木屋里竟然有人，真是让人后背发冷。

"鲛师傅，有日子不见了。"灰猫答道。

小屋里亮起一点儿微弱的光芒，一只苍老的人手将一盏纸糊的鲤鱼灯笼递了出来。在伸手接过鲤鱼灯的瞬间，我看到了这位"鲛师傅"的正脸。

这根本就不是人类的脸。一只硕大丑陋的怪兽头颅，顶上没有几根头发，宽大的嘴巴咧到耳根，脑袋下面没有脖子，直接连着身体。

"玩得开心哟。"

他向我张嘴一笑，露出密密麻麻、大小不一的牙齿，这些牙齿不但呈锯齿状起伏，还向内倒钩。只要进了这张嘴的东西，就别想再有活路。

我下意识地后退一步，一脚踩到了信使，想往旁边让，又撞到了徐栖。信使低声说："你这个人，真是一塌糊涂。"

售票窗关上了，小木屋恢复了一片黑暗。

"咱们走吧。"灰猫钻出徐栖的大衣，站到他肩上，"去湖心岛。"

我暗自吃惊。湖心岛和周围的陆地没有桥梁相连，夏天时必须划船登岛，冬天就只有走冰了。

我们沿着台阶小心地下到冰面上，我一迈步就摔了个大跟头，身下立刻传来冰层震裂的嘎嘣声。

我不敢起身，徐栖也不敢轻举妄动。信使叹了口气，一扑翅膀飞上了半空。

"没关系，冰很厚，多走几步就习惯了。"灰猫少见地鼓励了我们，接着补充道，"两条腿走路的动物确实不容易保持平衡。"

我和徐栖一前一后互相照应，缓缓穿过宽阔的冰面。鲤鱼灯微弱的光芒只能照亮面前一小块地方，很快我们就发现自己置身茫茫黑暗之中，只有湖心岛上忽远忽近的灯火还亮着。

走了不知多久，我感到脚下一绊，好像踢到了泥土石块，不再是光滑的冰面。终于挪到了湖心岛上，大家都松了一口气。

"栈道在这边。"信使引我们走上一段木头栈桥，侍者接过鲤鱼灯，在前面带路。

我从没上过湖心岛，以前远望的时候知道岛上有个茶室，但草木茂盛看不清楚，现在沿着栈道穿过层层灌木，一家热闹气派的酒吧赫然眼前。"大鲨鱼"三个字色彩变幻，灯箱上画着一只巨大的章鱼，旁边挂着一长串鲤鱼灯笼，透过玻璃幕墙，可以看到乐池中卖力演唱的乐队，正是热闹时候。

灰猫扶扶小圆帽，昂首挺胸地走了进去，脑袋随着音乐节奏甩了起来。我们跟在后面，目光立刻被吧台后的调酒师所吸引：他就是灯箱广告上的大章鱼，每只手都在奋力摇晃着一只调酒器。

灰猫说得没错，这里确实不是人类的地盘。许多吧台椅下都垂着毛茸茸的尾巴，沙发上的客人有的冒出了耳朵，有的冒出了利爪和獠牙。狐女兔妹穿梭其中，美人鱼在巨大的水箱中游动，还有不少疑似知名人物的面孔。

一只全身雪白的波斯猫轻盈地沿着吧台走了过来，柔软的尾巴拂过我们面前的空气。它在吧台上迈步的样子简直比走 T 台还迷人。

"既然来了，就别端着人类的样子了嘛。"它轻轻一笑，推过来厚厚一本酒水单，"几位喝点儿什么？"

灰猫低下头用帽檐遮住脸，看也不看就把酒水单推了回去。老手做派。

"我要一杯冰牛奶，给这位朋友来一杯'帝国黄昏'，再给那位来一杯'截稿日'。"灰猫说。信使要了一杯"寂静岭"，我也不知道那是什么，听名字挺吓人。

白猫没有走开，而是饶有兴致地打量我们一行。她慢慢踱到灰猫面前，忽然一抬手，摘下了它的帽子。

灰猫吓了一跳，心虚地往后一缩。

"苗先生，好久不见呢。"白猫拨弄着手里的帽子，两只淡绿色的眼睛笑眯眯地瞧着灰猫。

"啊喵，白小姐！"灰猫也做出一副热情样子，十分不自然地打了个招呼，"好久不见，喵，好久不见。"

"怎么，今天不要七分热新鲜挪威三文鱼汤了？不加葱花不要摇，我没记错吧？"白小姐毛茸茸的尾巴在灰猫脸旁扫来扫去，"你上次喝到一半就跑了，我还没和你说完悄悄话呢。"

灰猫浑身猫毛都竖起来了。我心里疯狂想笑，认识这么久，还是第一次见灰猫这么窘。

"今晚再来一杯？"白小姐问。

"不了不了，有公务。"灰猫连连摆手，疯狂给我使眼色。想让我帮忙解围？好说。我揽住灰猫的后背，惊喜地握住白小姐的前爪："哎呀你就是白小姐？飞虎天天念叨你，一喝多就要给你打电话，哎哟……别提了！"

灰猫心梗似的崴了一下脚，扭过头咬牙切齿地瞪着我。白小姐听了，毛尾巴倏地一扫，抬起了灰猫的下巴。

"真的假的？"

"这个……白小姐，是这样的，我今天来是想问问——"灰猫结结巴巴地刚开了个头，白小姐立刻猜到了下文，亮晶晶的眼睛顿时一暗，脸色一沉，毛尾巴啪一下拍在灰猫的宽屏脸上。

"把上次的酒钱一起结了。"她把小帽子往灰猫脸上一扣，头也不回地迈着 T 台步伐走了。剧情变化之快令我们反应不及。

"这下好，得罪了，问不到了。"灰猫转头就把责任算在了我头上，"人类，瞧你干的好事儿。"

"你的风流债也好意思算到我头上？"真是岂有此理。"我看白小姐挺好，你还配不上人家呢。"

"好了好了，想想现在怎么办。还有什么方法可以尝试，分析一下可行性。" 徐栖把我们两个拉开，一副语重心长的样子。

"还能怎么办，A 方案不行就上 B 方案。先喝，一会儿摔杯为号，见机行事。"灰猫一挥手，调酒师伸出三条触手，抓起三只调酒器，开始制作饮品。一阵眼花缭乱之后，我们的饮料分别端了上来。

信使的玛格丽特杯里是装饰着薄荷叶片的绿色液

体，气味清新，有点像莫吉托；徐栖的古典杯里是橘红色不知道是什么的玩意儿；我的飓风杯里有柠檬片、冰块和气泡，应该就是苏打水。我的饮料看上去最安全。不管怎么样，还是小心为妙，让科学家先尝吧。

徐栖双手捧过杯子，脸上显出为科学献身前独有的大无畏神情，小心地尝了一口。在我们的注视下，他眨眨眼睛，露出腼腆的笑容："挺好喝的，你们试试。"

这家伙是不会骗人的。我松了口气，伸手去拿杯子，调酒师用一根触手拦住了我。

"先生，这款饮品在喝之前有些技巧，才能保证入口难忘的风味。"

说着，他从身后的水族箱里抓起一只乌贼，对准杯口一挤，乌黑的墨汁迅速扩散到整杯饮料当中。

"喂——"我吓了一跳，赶紧制止。

"三流编剧，多喝墨水对你有好处。"灰猫幸灾乐祸地咧开三瓣嘴。

眨眼的工夫，调酒师已经把另一只触手伸进写着"海盐"的小瓷盅，熟练地将盐粒往杯口一抹。紧接着用第三只手点燃火折，飞快地从饮料上擦过，轰的一声，酒杯里冒出一团火焰。火光转瞬即逝，在热量的作用下，杯口上堆积的海盐全部掉进了饮料里。

这还不算完，他用不知哪里冒出来的又一只手捏住一根滴管，把一滴鲜红耀眼的液体滴了进去。

我惊呆了，望着自己的饮料，觉得杯子里的东西只能用乌烟瘴气来形容。

"四个步骤分别是胸无点墨、伤口撒盐、忧心如焚、呕心沥血。祝您喝得开心。"调酒师礼貌地又鞠了一躬，微笑地看着我。

我思考了一会儿，坚定地说："不喝。"

这时，不知道谁喊了一句"有人点了'截稿日'！"，哗啦一声，半个酒吧的顾客都围了过来。

我被挤在各种各样的蹄子、前爪、耳朵、鳍、鼻孔当中，"喝光""喝光"的呼声此起彼伏。

徐栖凑过来低声说："这儿只有我们两个人类。"

"不喝不是人！"灰猫火上浇油地起哄。

信使隔着几只羊看着我们，脸上露出难得的笑意。

真是腹背受敌。为了人类的面子，我抬手喝下一口，剧烈的酸味和凶猛的咸味同时刺激口腔，这玩意儿还没经过舌头就险些被我喷了出来。

灰猫扑过来用前爪堵住我的嘴："那是印度红芥

末，不能吐，快咽，别吸气！"

我只好又把它咽了回去，这一下好像吞进一座活火山，辛辣的气味涌进呼吸系统，眼泪哗地涌了出来。

"'截稿日'感觉怎么样？"调酒师期待地看着我。

"名副其实。"我热泪盈眶地说。

周围响起一片热烈的掌声，灰猫跳上架子，示意人群安静下来。

"听我说各位，我这位朋友志向远大，他说，他想成为大鲨鱼有史以来第一个一口气喝光一杯'截稿日'的人！"

疯狂的欢呼淹没了人群，我抓起一旁的飞镖就想把这胖子射下来。

"你们有没有信心？"灰猫振臂高呼，不动声色地使了个眼色。

信使暗暗从我兜里掏出一把金灿灿的坚果，大声响应："我赌五个栗子！"

人群骚动起来。

"我赌两袋蜂蜜糖！"

"我赌一盒竹笋雪茄！"

"我赌一瓶绿蚁酒！"

吧台上很快堆满了各种赌注，信使又摸出一把银光闪闪的榛子，拍在桌上："再加十个榛子！"

　　"我加六块奶酪！"

　　"我也要加——"

　　"我也要——"

　　……

　　我非常后悔今天来酒吧。

　　等人群散开，杯子空掉，我已经晕头转向。那只四条腿的胖子明智地坐在离我最远的一端，慢条斯理地用吸管喝着鱼汤。

　　"忙着办案，一口热汤都喝不上，真是劳碌命啊。"它叹息着说。

　　这家伙最讨厌的事情就是洗澡，我决定明天一早就把它送去宠物美容店，不把它一身灰毛洗白，誓不罢休。

　　"没有发现可疑的人和货币。"信使低声说。

　　"没关系，我们自己就足够可疑。"灰猫答道。我心中一动，难道这就是它的方案 B ？

　　徐栖也喝光了自己杯子里的饮料，晃了晃脑袋："感觉有点儿头晕。"

"不至于。"灰猫说。

徐栖站起来走了几步："真的，好像有点儿腿软。"

"不可能。"

"你给他喝什么了？"信使问。

"还能有什么，橙汁加胡萝卜汁啊！一点儿酒精都没有好不好。"灰猫扶额。

徐栖一听，刚刚还摇摇晃晃的脚步立刻稳了下来，精神也清醒了。

"这我就放心了！"他愉快地说着，立马回到吧台旁边，拿过那本厚厚的酒水大全研究起来。

一位长得像大耳狐的服务生送来了解酒汤，他弯腰把杯子放到我面前，轻声道："晏先生请苗先生一行到里边说话。"

灰猫的计策产生作用了。它安排徐栖留在外面接应，我们三个去见晏先生。

大耳狐引着我们从吧台旁一扇小门往里走，回廊弯弯曲曲，百转千回，终于到了一扇气派的红木大门跟前。两名保镖推开大门，里面是一间庄严、富贵的老派办公室。

檀木书桌后面、真皮老板转椅上，坐着一位身穿黑色西服的男人。他看起来六十出头，两鬓花白，身材矮胖，西服一丝不苟，胸前别着一朵优雅的小红花。

灰猫摘下软帽，向前几步，认真行了个礼。

"晏先生。"

晏先生抬起眼皮，语气平淡地说道："为了让我见你们，又是演戏，又肯下本，有什么要指教？"

果真是厉害人物，一眼就看破了灰猫的伎俩。

"最近有朋友丢了一批坚果，找不到下落，因此向您求教。"灰猫如实回答。

"噢，原来你还有啮齿类的朋友。"晏先生和蔼地称赞了一句，却令人无端感到心虚。

灰猫没有遮掩的打算，将事情前后和盘托出。晏先生听了，缓缓打开抽屉，拿出几样东西放在桌上。

"你说的是这批东西？"

灰猫的眼睛骤然变圆，胡子动了动。桌上放着的正是十来个金光闪闪的迁西油栗。

"这些是哪里来的？"灰猫问。

"既然你对我很老实，我也可以告诉你一点儿我知道的消息。"晏先生不紧不慢地说，"四天前的晚上有人来店里喝酒，和你一样，拿的是这玩意儿。一把栗子换一杯闷酒，腰缠万贯的人也不会这么干，让调酒的小章大惊小怪了半天。"

"这人是谁？"灰猫问。

"名字嘛，我也不知道。我年纪大了，认得的年轻人不多，总之他看起来心情不太好。"晏先生漫不经心地回答，"话说回来，这年头，年轻人心情好才怪。"

灰猫从软帽里取出一张图画纸，上面并排印着十几张不同的证件照。

"请晏先生指点。"

晏先生扫了一眼那张纸，拿过两个栗子在手里盘了起来："我为什么要帮你？"

灰猫垂下眼帘，温柔地回答："明天是您二姑妈的四舅妈的三儿子的小女儿结婚，大喜的日子，您不会拒绝我们如此诚恳的请求。"

晏先生抬抬眼皮，看一眼屋角坐着的女秘书。女秘书在笔记本上翻找一阵，向晏先生点了点头。

"那好吧，为了我家人的婚礼。"晏先生叹了口气，"我看，第三排中间那个，见过。"

他摆了摆手，将椅背转了回去："就这样吧。"

我们再次道谢，怀揣一颗怦怦直跳的心回到酒吧大堂。没想到今晚会有这样的经历和收获，晏先生真是大人物作风。

"晏先生当年从走私土豆起家，后来自行研制魔力蚯蚓，畅销各大夜店，再后来承包地下设施的建设，名震城八区。如今说是退隐孤岛、安度晚年，但影响力还是无人能比。"灰猫钦佩地说。

"你那张名单是不是从汪队长文件袋里弄来的？"我问。

"什么叫弄来的？合作关系，资源共享。"灰猫大言不惭。

我们回到大厅，酒吧热闹的高潮已经过去，剩下客人不多。原本坐在吧台边的徐栖不见了，桌上只有一排各式各样的空酒杯。

"人呢？"灰猫左顾右盼。

调酒师无奈地摊了摊八只手。

"你说那位戴毛线帽子的客人吗？你们走了以后，他把酒水单上的饮料按顺序点了一遍，不过只喝到第二页就滑到地上了。我们好不容易才把他拖到那边。"

调酒师指了指不远处的沙发，徐栖果然像条鱼一样躺在上面。

灰猫的宽脸顿时拉长了不少。

寒风呼啸，我们又身处湖心小岛，好在酒吧侍者帮忙找来冰场用的冰上平板车，众人合力，才把鸟学家扔了上去。

我把鲤鱼灯插在车架上，推着小车在冰面上一步三滑。信使低低地飞在空中，灰猫蹲在徐栖胸口，有一搭没一搭地喊着劳动号子。

"加油加油，热烈加油！唉，人类真是不省心。"

五

被晏先生圈出来的这个人，叫许小五。从资料上看，许小五今年三十岁，瓜子脸，肤色偏白，案发前曾在一家知名物流公司担任货车司机。

因为并不直接在电商工作，汪队长的第一批重点排查名单里没有他的名字。实际上他工作的这家物流公司最主要的客户就是某知名电商。

"许小五作案嫌疑很大。首先他是个啮齿类，其次了解电商促销等一系列活动，然后还会开车，司机身份易于进出新发地，方便踩点。最重要的一条，失踪时间和案发时间吻合。人间蒸发这种事只有两个可能：畏罪潜逃，拖稿不交。到底是不是他，明天让老汪去公司提人就知道了。"灰猫说。

案情打破僵局，大家心中石头落了地。但我并不知道灰猫是如何从浩如烟海的嫌疑人当中圈定十几个重点对象的，我记得汪队长手里排查名录有厚厚一沓，灰猫去见晏先生的时候只拿了一页纸。

"这里面有你的功劳。"灰猫说。

"我？"

"那天在金库，你提到这次的事会不会和黄梨失踪案有相似之处，正是这一点提醒了我。"

"不是说幻术适用范围有限，没法偷走这么多栗子吗？"

"没错。这次的案子和幻术没有什么关系，但劫匪进入作案现场的方法和黄狸们差不多。"灰猫一屁股在我的枕头上坐下，伸出前爪，"鱼干递我一下。"

为了满足该死的好奇心，我只好亲自拿了根鱼干递给灰猫。

"新发地的金库相当于烤梨店，门窗没有动过的痕迹，也没有地道或者暗室，劫匪只有一种途径进入室内：伪装成货物混进去。在烤梨店事件中，黄狸伪装成黄梨混在了筐里，那么金库劫案中，劫匪会不会伪装成坚果，混在了栗子当中呢？这是我在现场时的一个思路。"灰猫咬了一口鱼干。

"劫匪伪装成坚果？可是那些坚果里面最大的也才几十克一个啊。"我不太相信。

"正是这一点指明了方向。啮齿类动物很多，但体重这么小的啮齿类又有多少呢？这一点鸟学家应该比较清楚。"

鸟学家正在美好的宿醉中，灰猫只好自问自答："符合这个体重范围的只有某些特定种类的仓鼠。常见的金丝熊、荷兰猪，都很袖珍。"

"什么熊？什么猪？"我对动物没什么了解。

"就是宠物市场卖的那种小仓鼠，放在滚轮里就会一个劲跑步的。别看它们个头小，实际上运动量很大，一天要跑二十公里才能保持健康，而且一个个脾气倔得很。"灰猫说。

"你的意思是，仓鼠混进了栗子堆，伺机下手。"

"虽然是个大胆的想法，却不是没有可能。你想想，一只仓鼠藏在货筐里，跟车来到仓库，趁卸货时混进小山一样的栗子堆，等到傍晚蝙蝠们吃西瓜的时候，它偷偷出来打开仓库后门，将栗子转移到车上，最后开车溜之大吉。尽管没有狸猫们的幻术，却也不是那么容易被发现，这是我能想到的最解释得通的作案过程。于是，我把嫌疑人的范围缩小到了仓鼠这个类别。啮齿类虽然很多，仓鼠的数量却相对较少，符合'仓鼠''会开车''与电商有关'这么几个条件的嫌疑人就更少了。这两天我用自己的渠道走访了一下，又排除掉一半没有作案时间的对象，最后剩下的就只有单子上的十二个。"

灰猫这番话逻辑清晰、推理严密。我一时想不出什么反驳的理由，不过仍然觉得可能性很小。栗子堆固然藏得住一两只仓鼠，但它们怎么可能在一个钟头的时间里搬完那么多栗子？如果藏了一大群仓鼠，又大大增加了被发现的可能。

"确实很有难度。不过许小五是物流公司员工，如果你见过物流公司装卸包裹的速度，就一点儿也不难理解为什么他可以在一个钟头的时间内，把一大堆栗子搬空。"灰猫说。

"既然你已经确定了是十二仓鼠中的一个，为什么这两天不告诉汪队长？他还在那儿大海捞针呢。"一想到敬业的汪队长那两只黑眼圈，我就对灰猫的做法感到愤愤不平。

"老汪这个人性格直得很，你跟他说什么他都信，听风就是雨，雷厉又风行。虽然我对自己的推理有信心，但万一其中有疏漏，误导整个案件的进展就不好了。因此让他全面把控，我重点筛查，是既高效又保险的方法。"灰猫总是振振有词。

"说得好听，实际上还不是私藏信息。让人家辛苦办案，你自己精确打击，到时候好多分奖金。"我说。

"喂，三流编剧，我把和老汪的分成比例从五五分提高到七三分，是为了给你们两个争取一份助理费好吗？真是不识好人心。"灰猫气呼呼地说。

"我们俩还有份？"我相当意外。

"可不是嘛，你们俩一人一份，我五份，老汪三份。基本上合理。"灰猫说。

我深受感动，主动递上了一根鱼干。

"我寻思，等咱们业务慢慢扩大了，营业额稳定了，可以考虑开一家事务所，专门承接这些一般人处理不了的事情。"灰猫摆出一副深谋远虑的样子。

这主意倒是不错，我心想。

"这样也算给你们俩找了个稳定饭碗，这么大的人了，总不能指着我照顾一辈子。"

……

"现在咱们先给老汪去个电话，让你见识一下什么叫听风就是雨，雷厉又风行。"灰猫熟练地划开手机屏幕，按下免提，拨通了汪队长的电话。

全部通话过程中，汪队长只说了三个字：接通时一个焦急的"请讲"，结束时一个昂扬的"好"。

电话挂上不出十分钟，我们就收到了他的反馈：许小五失踪了。

特事处火速联络上了物流公司的人，对方说许小五已经好几天没来上班，双十二那天本该属于他的送货任务也没完成，公司正准备将他除名。

又是不到十分钟，许小五的通缉令就遍布了社交媒体。

许小五，男，现年 30 岁，体格瘦小，肤色偏白，曾任 × × 物流公司货车司机，案发后去向不明。此人系 12·12 特大金库劫案重要嫌疑人，望知情人士及时与警方联络。

"百分百畏罪潜逃。"灰猫伸了个长长的懒腰，在暖气上摆好睡觉的姿势，"行了，后面就是收网抓人的事，老汪办这个很有一套，我们脑力劳动者躺着看戏就行。"

它双眼一眯，瞬间就进入了睡眠状态。

徐栖一觉睡到中午，醒来之后顶着一头乱草似的头发在客厅里打转，两只眼睛迷茫地晃来晃去。

"你看起来有点儿像一种蜥蜴，我小时候在儿童画报上见过。"我打量着他。

他伸出舌头，努力垂下眼睛看了一眼："我的舌头分叉了吗？嘴里有点儿苦倒是。"

"不，不是舌头的问题，是眼睛。"

"眼睛？"

"嗯，你的两只眼球在往不同方向转。"我做出严肃的样子，他果然信以为真，脸色惨白地呆在原地。我哈哈大笑起来。

天气晴朗，心情明媚，我们找了一家有玻璃顶棚可以晒太阳的馆子吃午饭。灰猫点了一份烤鱼，徐栖喝了一大碗粥，才觉得胃里舒服一点儿。

"我这样一位严谨冷静、头脑清醒的科学家，竟然在乙醇的作用下毁于一旦，真是令人扼腕叹息。"他忏悔的样子就像第一次去网吧就被班主任抓获的三好学生。

"你为什么要把整本酒单都点了？"我始终不能理解这件事。

"我也不是故意的，只不过看到一本一本的东西，就想从头到尾弄个明白……"徐栖缩起脖子，心虚地看着我们。

"你去酒吧刷题去了是吧？"真是人间异类。

昨晚喝完"截稿日"赢来的值钱东西一多半给鸟学家付了账单，剩下的一小半正好是这顿午饭。真是财路不顺。

灰猫有一搭没一搭地扒拉徐栖的手机，昨晚发布的通缉令已经成了网络上的热门话题，跟帖和转发超过十万次，评论区热火朝天，不过什么有价值的线索也没有。虽然疑犯落网只是早晚的事，我却隐隐有一种感觉，觉得许小五的真正目的并不是钱。

"他抢银行金库，目的不是钱？"灰猫睁圆了眼睛。

"钱只是道具，用来买东西、还债、提供安全感，或者用来挣更多的钱，它从来都不是目的。如果那一车栗子就是许小五想要的，那么不能解释一件事。"

"什么事？"

"不能解释为什么他在大鲨鱼酒吧喝闷酒。"我说，"他已经得手了，不是吗？他偷的不是古董，不存在销赃困难，手上拿着现金，如果欠了账可以立即还债，如果为了花天酒地安度余生，那他应该立刻出城，销声匿迹躲躲风头。可是他在酒吧喝闷酒——你们听到晏先生说的了，他用一把栗子换一杯酒。"

"这说明什么？"

"说明在他得手之后的这一天当中，栗子对他来说变得毫无意义了。"我说。

小院里陷入沉默，只有烤鱼在酒精炉上咕嘟冒泡的声音。冬日天空苍白，仅有的一抹蓝色十分浅淡，枯草静立在墙头瓦楞之中，麻雀在蹦跳间发出短促的啾啾声。

"鸟学家，你怎么看？"灰猫问。

"有可能是他一时糊涂抢了金库，到了晚上又心中不安十分后悔，所以借酒浇愁……"

"好了别说了，这种事就不该问你。"灰猫揉了揉额头，转过脸来，"三流编剧，你会为了什么事一醉方休？"

那可真是数不胜数。被出版社退稿、被导演甩锅、被投资方画饼、被制片方跑单、写不出满意的作品、写出满意的作品但卖不掉、女友不爱我、女友太爱我……大概，只要我手头有点余钱，就恨不得一醉方休。

"我们得知道许小五得手之后直到晚上出现在酒吧的这段时间里，他去了哪里，见了谁，发生了什么。这样才能知道他打劫的真正原因。"我说。

"好吧，不过我觉得老汪不关心原因，他们只要人赃俱获就行了。"灰猫说。

徐栖的手机响了，他接通电话说了个"你好"，就把手机递给了灰猫。

"找你的。是汪队长。"

汪队长并没有抓到许小五，但他找到了那车栗子。准确地说，是那车栗子自己出现了。

今天上午，汪队长的助手阿泰到总局开会，听说了这两天的一桩趣事：家住望京的一名男士在自己婚礼当天收到了一车栗子，上面还贴着一张写有"新婚快乐"的字条。他一开始觉得这份匿名贺礼挺有趣，可是找了半天也没有找出是谁干的，只得报了警。警察也觉得匪夷所思，但这不属于治安管辖范围，谈不上调查处理。报案的新郎怎么也不肯把车开回去，连车带栗子扔在了警局车库，警方正在为了如何处理栗子发愁。

特事处和派出所虽然都属于总局管辖，但绝大部分人类并不知道特事处的真正使命，自然也不知道此次金库劫案的内情。阿泰作为一名思路敏捷的警员，一下就把这两件事联系到了一起，第一时间汇报给了汪队长。汪队长赶往望京那边一看，竟然真的就是新发地啮齿类金库失窃的小货车，连带着满满一车栗子，几乎一颗不少。

"谁也没想到，苦苦寻找的栗子就停在分局的车库里。老汪当即就把报案人从机场拎回了警局——他正准备去马尔代夫度蜜月来着。询问一会儿开始，老汪让咱们一块儿过去。"灰猫把最后一块鱼塞进圆滚滚的肚皮，勉强抬腿走了几步，叹息道，"唉，又只吃了七分饱。"

我们赶到警局，隔着询问室的玻璃见到了报案人李伯三。他三十出头，一身休闲西服，鼻梁上架一副低调的细框眼镜，正冲着阿泰发火。

"你们知道我现在处于人生的关键阶段吗？公司刚刚完成 C 轮融资，口碑形象都蒸蒸日上，你们这么大庭广众之下把我从机场带上警车，万一被人拍到，让我怎么跟投资人解释？"传音器里传来李伯三的声音。他咄咄逼人，阿泰努力解释，但越说越说不清楚，束手无策，倒霉极了。

徐栖撇撇嘴，看得出他对这种成功人士没什么兴趣，对询问室的单向玻璃倒十分好奇，又是挥手又是单腿跳地折腾了好一阵，直到确认里面的人看不到我们才罢休。汪队长忽然推门进来，徐栖吓了一跳，很不好意思地赶紧站好。

汪队长放下卷宗，满面愁容地看着灰猫："阿泰和他谈不出什么，我们没有和人类深入交流的经验。"

灰猫刚刚一直盯着玻璃里的李伯三，此刻转过头来，乌黑的圆眼睛看着汪队长："意料之中。所以我带他们来。"

灰猫的目光望向我和徐栖，汪队长有些惊讶："你的意思是——"

"没错，让他们去谈。"灰猫肯定地说。

我和徐栖吃了一惊，连忙摆手表示自己没有经验。

"人类和人类说话，总归顺畅一些。"灰猫说，"我们在外面看监控就好。"

汪队长对这个大胆的提议并不完全放心，但思考片刻之后，仍然点了头。

"按你说的。让人类进去。"他说。

"这符合规矩吗？"我问。

"我们没有那么多规矩。"汪队长炯炯有神的目光从两条海苔眉下面注视着我和徐栖，"有劳了。"

六

在学校的时候，无论是学导演的还是学剧作的学生，多少都得上点儿表演课。那几乎是我成绩最差的一门，我试图在期末作业里扮演一只没有动作和台词的南瓜蒙混过关，结果差点儿挂科。谁料人生如戏，这会儿只有硬着头皮演了。

我把桌上的卷宗拿在手里，又拿了一台平板电脑塞给徐栖，告诉他一会儿紧张的时候就低头刷屏幕，这样显得很有思路，也不容易露馅。打量一番觉得还是不像，又问阿泰要了两张工牌挂在脖子上，只露绳子在外面。最后，我卷起衬衫袖子，将一支水性笔夹在了卷宗封面上。

现在，我是对案卷了如指掌的主审，徐栖是负责信息技术的同事了。

汪队长和灰猫惊讶地看着这一切，他们大概是第一次见识人类有多能装。我和徐栖推开询问室的门，走了进去。

"当时的情况我早就说过了，东西也主动送到你们这儿了，还要怎么样呢？"李伯三还在喋喋不休，看到进来的人换了面孔，他更加焦躁，"怎么？我还得把刚刚的话再说一遍？你们不能固定一个人吗？"

"李先生。"我看着他。

"好不容易挤出几天假期陪老婆度蜜月，为了几千块钱的板栗，全给我搅黄了，她脾气可是很大的……"李伯三不理我。

我把卷宗扔在桌上，拉开椅子，在他对面坐下，一言不发。对这种口才一流的创业人士，雄辩不能让他消停，沉默可以。

徐栖也拉开椅子坐下，几乎只过了一秒钟，他就手忙脚乱地打开平板电脑刷了起来。为了不让李伯三对徐栖产生怀疑，我取下卷宗上的水性笔，在白纸上画了五个三角形，递到李伯三面前。

"李先生。你有没有听说过犯罪集团用坚果作为警告，向目标对象传递威胁信号的事情？"我回忆课上学过的表演技巧，装出汪队长的神态——简单地说，就是"面无表情不苟言笑"。至于犯罪集团之类的胡扯，纯粹来自小时候最爱的一套探案故事集。

这一招相当有效，李伯三立马呆住了。

"这是什么意思？我和犯罪分子一点儿关系也没有啊！"

"你也许认为自己和他们没关系，不过他们很有可能认为自己和你有关系。李先生，你刚刚说你的公司正在融资。"

"……是在融资，可……"

"李先生，现在专门针对你这样的新贵们的威胁、绑架、敲诈、勒索，可是一样不少。"我装模作样地拍了拍桌上的卷宗，"你有没有什么仇家，得罪过什么人？"

"我怎么可能……"

"你好好想一想，有没有和创业伙伴产生分歧，有没有对核心员工许诺不兑现，有没有在招聘启事中连蒙带骗，有没有背着老婆搞过第三者婚外情？每一件事情后面都可能有一位潜在的罪犯，想要借机报复。"

李伯三的脸绿了。他深吸一口气，毅然决定把从小学起干过的坏事儿全都告诉我们。

"让我们采用倒叙的方式，"我赶紧打断了他，"就从结婚那天说起。"

"好，好。"李伯三端正坐好，开始叙述那天的事。

十二月十三号是李伯三结婚的日子，草坪婚礼定在郊外一家著名的度假庄园举行。按照他老婆的要求，李伯三订购了大量玫瑰和绿色植物，将冬天的草坪装扮得像春天一样。

"为什么不等到春天再结？"徐栖从屏幕上抬起头，不解地问。

"到春天来不及……"李伯三有点尴尬。

我心知肚明，让李伯三继续往下说。鸟学家一头雾水，只得低下脑袋继续刷电脑。

根据李伯三的描述，婚礼那天因为布置现场的需要，会场外停了好几辆小货车。加上李伯三大宴宾客，来往车辆更加难以统计。直到曲终人散，他才发现一辆红色的小货车孤零零地留在了停车场。

"我以为是度假村的工作用车，临走的时候他们却告诉我不是。工作人员发现雨刷上夹了一张红色的写着'新婚快乐'的卡片，这才知道是给我的。"李伯三说，一开始他以为是谁别出心裁的贺礼，不但把车开回了家，还拍下照片发在社交网络上。几天过去，他发现这份礼物并不来自身边任何一个朋友，才慌张起来。

"然后我就把它开到了派出所，报了案。后面的事你们都知道了，前面的事我也没有隐瞒。"他说。

这些事都是李伯三之前就交待过的，没有新信息，我也没有新发现。徐栖仍然埋头在屏幕里，我只得尝试换个方向继续提问。

"李先生，'一车栗子'，这个概念会让你想起什么吗？比如说，什么暗示、什么特殊的含义？"

"供货？销量？物流？"李伯三茫然地看着我们。

"还有吗？"

他摇了摇头。

"那你是不是特别爱吃栗子？"我也没招了，问了个蠢到家的问题。好在李伯三以为我有什么深意，没有放声嘲笑。

我黔驴技穷，耳机里传来汪队长的声音："问他许小五。"

我打开卷宗，取出许小五的照片摆在桌上，直截了当地问："这个人你认识吗？"

李伯三凑近照片看了一阵："眼熟。"

"他叫许小五。"

"噢！许小五！"李伯三双手拿起照片，"对对，就是小五！好多年没有消息了，看样子混得不怎么样。"

"把关于他的情况说一说。"

"我们算是一起长大的，小学同学了一段时间。他家里条件不怎么样，父母离婚，职高毕业就自己谋生，我高中毕业考了大学，然后就没有联系了。"李伯三说。

"就这些？"

"是啊。还能有什么？那会儿流行武侠小说，大家没事儿拉帮结派，他跟我也组了一个组合，叫做

'三五成群'，都是小孩子的把戏。这也算吗？"李伯三努力回忆着。

"你们最后一次见面是什么时候，在哪里？"

"是初中毕业的暑假，在火车站。他是个雄心勃勃的人，说要去闯荡江湖。"李伯三又在记忆的长河中跋涉了一阵，缓缓答道。

"之后没有见过？"

"没有。"他叹了口气，慢慢摇头，"闯荡江湖哪这么容易。听说他在外地跑长途、赌钱、当保安、替人打架，我毕业就留学，回国就创业，怎么会和他有联系呢？"

看来这就是询问的结果了。李伯三根本就不知道许小五是仓鼠的事实，我们也仍然不知道为什么许小五要把自己冒险得手的巨款送给一个多年不见、不通消息的旧日同窗，更无从推断他现在藏身何处。

我合上卷宗，徐栖忽然抬起头来，指着网页上李伯三公司的主页说："李先生的公司是卖坚果的啊！还用啮齿类动物做了卡通形象。"

徐栖的神态实在不像一位警察，李伯三愣了愣，点点头："办公室零食很适合互联网电商思维，有什么不对吗？"

　　我不知道徐栖为什么问起这个，李伯三的公司属于正规经营，这一点汪队长已经查过。徐栖没头没脑地又来了一句："不只如此，你自己也很喜欢坚果。你看，这篇报道里，你跟记者说，你觉得看着别人用门牙咬开坚果是一件好玩又有趣的事，莫名其妙就会觉得满足和幸福。因此决心创业的时候想都没想就选择了卖坚果，因为想要把最好的坚果用最快的速度送到每一个人嘴边——"

　　这种创业公司在媒体面前编造的故事也信，鸟学家真是天真无邪。我示意他赶紧结束，他却说个没完。

　　"你在美国留学时的博客写过'原来加州开心果是真的，还以为和加州牛肉面一样'，你大学时候的女朋友参与过一个'你收到过的最无语的礼物是什么'的网络征集，她写的是你在她拔完智齿的第二天送了她一包瓜子……"徐栖念着网页，我完全不知道他是按什么路数在出牌。

　　李伯三脸上一阵红一阵白："她还参加过这种征集？分手的时候她很坚决，原来早就忍不了我了……你从哪里翻出来的这些东西？陈年累月的鸡零狗碎，我也不记得买开心果的事了，刚出国那会儿真是少见多怪。"

"我的文献检索能力……我是说，我们技术部门的信息检索能力，是很专业的，"徐栖说，"不止这些，还有呢——"

徐栖一条一条地翻出李伯三在网络上留下的关于坚果的只言片语，每一条都与他的生活经历有所关联。他从青年到中年、求学到创业、留学到回国、恋爱到结婚中那些点点滴滴、喜怒哀乐，如画卷般展开眼前。李伯三静静听着，半晌没有说话。

"许多事情我都不记得了，可是你这样一说，我又想起来了。"他怔怔地看着徐栖，"今年三十三岁，感觉过了好久啊。"

徐栖滑了几下屏幕，停在最早的一个页面上。

"您的作文是不是写得很好？"

"作文？"李伯三摇了摇头，"不，我作文经常不及格，强项是数学。"

"您小学的时候得过一次作文比赛的三等奖。"徐栖说，"题目叫《记一次难忘的秋游》。"

"不记得了。那个年代还没有信息上网，即使真得过奖，你也不可能查得到。"李伯三说。

"虽然那个年代信息没有上网，但五年前您读过的小学举办五十周年校庆，校方把存有原件的历届作文比赛获奖作品都整理上传了。"徐栖将屏幕转向李伯三，"这是颁奖时的照片，奖品是一对乒乓球拍。"

李伯三立刻凑到屏幕前，看着照片上穿校服的自己，逐渐嘴角上扬，笑容浮现。这会儿的他看起来不像一个戴着名牌手表、言必称融资的创业公司老总，更像一个腼腆青涩的少年了。

记一次难忘的秋游

六甲班　李伯三

今天天气晴朗，万里无云，是我们学校组织秋游的好天气。我们跟随秋天的脚步来到烈士公园，女同学们在草地上野餐，我们男生在山坡上打游击战。我和许小五是红军，我们一次又一次地打退了蓝军的进攻，成功地守卫了山头。

许小五是我的邻居，一年级的时候就是一个班的同学。因为我们俩个子很小，被分在第一排当同桌，所以很快成为了好朋友。高个子的同学抢我们贴纸，我们就在放学以后一起打了他一顿。后来我长高了，渐渐坐到了最后一排，但我和小五还是好朋友。小五有两个好玩的大门牙，有人取外号朝笑他，我们跟以前一样，在放学后一起打了那个人一顿。小五的爸爸妈妈离昏了，我让他不要担心，不管有谁欺负他，我们都可以在放学后把那个人打一顿。小五听了很咸动。他说，如果我打架被老师发现，他就代替我留校写检查，反正他不怕请家长。

小五不爱学习，爱吃零时。他经常从家里给我带花生米，大核桃，板力，瓜子，比小卖部买的好吃的多。小五吃零时很厉害，他可以用牙齿咬开核桃。他想教我，但我才学了一次就疼哭了。

我们本来要继卖把山头守卫到底，坚决不让蓝军胜利，但是小五敲敲的跟我说："三子，山头后面有一片松林，已经结了松子。我们去打一些来吃好吗？"我不喜欢爬树，但是我知道小五很久没吃零时了。如果能打一些松子来吃，他一定会高兴的像个老鼠。于是我说："好的，小五，我们去打一些来吃。"

我和小五敲敲的脱离了大部队，跑到山头后面去打松子。松树很高，杆子够不着，我爬了上去，率了下来。小五吓坏了，老师把我送到医院，我的右手骨折了。我很高兴，一个月不用写作业。

小五去医院看忘我，我们一起玩军其，他说他的妈妈已经坐长途汽车走了。为了安卫他，我说我也想要我的妈妈坐汽车走，这样就再也不用写作业了。结杲被我妈妈听见了，她说等我手好了，就把我的腿打段。

小五问我长大以后会不会结昏，我说如果不离昏就结，如果离昏就不结。不管结不结，我都打算转一些钱，这样就可以一起买零时来吃，不用爬树。小五同意了，他说他以后要当一个很厉害的人，等我结昏的时候——

网页断在了这里。

"后面是什么？"我问。

徐栖打开下一页，继续念道："——等我结昏的时候，送我一车钱。"

我心中一震。汪队长听到这里，推门就走了进来，灰猫和阿泰也跟着进来了。我们谁也没有想到事情会出现这样意外的线索，简直就像隔着时空递来的答案。

"好像是有这么回事，我秋游的时候因为爬树摔骨折过一次。可是为了什么摔的，已经记不清了。"李伯三半晌才说出话来。

"后面还有，网速太慢了。"徐栖晃动平板电脑试图寻找更好的信号，"噢，打开了！还有最后一句。"

我们的目光全都转到了徐栖身上。

"快念。"汪队长催促道。

"啊！这真是一次难忘的秋游。"徐栖愉快地看着我们，"就这些，念完了！"

我们瞪着这位大脑缺少零件的科学家，导致他有点心虚。

"教师评语：感情真挚，错别字太多。"徐栖说，"我的意思是，李先生从小就喜欢坚果……我怎么了，你们这样看着我？"

李伯三苦笑："我这种成天靠忽悠别人为生的人，竟然还写过这么……这么……的作文。"沉默片刻，又说："人生的决定都是谜。我们不记得那些影响自己做决定的人和事，但那些人和事始终在影响我们的决定。

一个朋友来了又走，你根本无法得知他在你一生中起到的作用。"

"不，真正无法得知的是你对他产生的作用。"汪队长说，"在许小五的世界里，他送你的是一车黄金。"

七

得知许小五的真实身份之后，李伯三整个下午都在抓狂之中，翻来覆去只有两句话，一句是"他竟然是个仓鼠"，另一句是"他竟然抢了银行"。汪队长对此毫无办法，只得由他在小会议室待着，等进一步消息。

傍晚时分起了风，信使裹挟着寒气从窗户飞进屋里，落在汪队长面前。

"我去大鲨鱼问过了，许小五那天晚上确实不是一个人离开的。调酒师章添说许小五醉得厉害，他的朋友来接的他。"信使说。

"他的朋友？"汪队长皱起眉头，"我们查过他的社会关系，并没有什么固定朋友。"

信使从风雨衣防水口袋里取出一张画像，递给汪队长："这是根据章添的描述画的示意图。五十多岁，男性，身材高大，体形较胖，穿黑色厚羽绒服戴风帽，白色高领毛衣。长相没有看清，印象中对方脸很大，眼眶深陷，可能经常熬夜，看起来很疲惫。这个人到了以后就带走了许小五，去向不明。"

汪队长仔细端详片刻，把画像交给阿泰："让技术科的同事立刻去查。"

"调酒师那边还提供了一样东西，但我不知道是什么，"信使从口袋里摸出一枚金色的硬币，递给汪队长，"章添说，这是那个人弯腰扛走许小五的时候，从他口袋里掉出来的。"

汪队长、灰猫、徐栖挨个看过金币，全都一副谨慎又疑惑的表情。

"看起来像某个国家的硬币，你看，图案是一座塔。"

"哪个国家的硬币会不写面值？"

"说得也是。"

他们三个研究半天，没一个认识的。我接过来一看，好家伙，哪是什么硬币，明明是街机厅的游戏币啊！我读小学的时候街机厅红透大江南北，放学铃一响我们就飞奔过去，花一块钱买两个币玩个痛快。如果没有零花钱，站着看别人玩也能站几个小时。

"不会吧，你们这都没见过？"我看着对面几张茫然的面孔。好吧，他们还真有可能没见过。

"什么叫街机？"灰猫两只圆溜溜的眼睛疑惑地看着徐栖。

"这个……我也没有亲自玩过。"徐栖也说不明白。

"就是人类小孩玩的游戏机。"我言简意赅地说，"你可以理解为毛线。"

灰猫似乎有点明白，又有点迷糊。

"那，这个电子毛线，电子游戏，和许小五有什么关系？"

"这我就不知道了。"

汪队长皱眉思索片刻："如果真要从这条线上寻找突破口的话，我倒知道一个人选。你们见过的，罗威，罗警官。"

"新发地那位片警？"

"对。新发地辖区虽然不大，但能镇住那个地方的都是强悍角色。罗警官以前追查过游戏厅和地下赌场的连环案件，对这一块的工作很熟悉。"汪队长看时间已经到了晚饭的当口，便让阿泰带我们去食堂吃个工作餐，他自己和罗警官联系一下。

"说不定今晚就要行动。辛苦大家待命，先别回家了。"汪队长说。

我和徐栖是第一次在警队的食堂吃饭，觉得新鲜，灰猫却怨声载道。它夹起盘子里一块黏糊糊的红烧鱼叹息："看看，这就是为什么我宁愿和人类住在一起也不愿意加入警队。成天吃这玩意儿，有什么生活质量可言。"阿泰不好意思地笑笑，给灰猫加了个鸡腿。他津津有味地把一份糖醋小排吃得干干净净，末了还给汪队长打包了一份酱骨头。不得不说，阿泰的脾气比灰猫好多了。

"看看，这才叫人类的朋友。"我低声对徐栖说。

灰猫常常抱怨汪队长过于雷厉风行，不过和罗警官一比，汪队长算得上十分温和。我们吃完饭走回值班室，只见门口停了一辆越野摩托，罗警官已经风驰电掣地从片区赶到了局里。虽然是第二次见面，他一身机车夹克的威猛造型还是令我们十分敬畏。

"你们知道中央电视塔附近有个电器行吧？那是一家老牌家电商场，叫中塔电器。不过，电器行的生意只是个幌子，真正的买卖在地下库房里。"罗警官粗糙的大手捏着那枚细小的金币，"那里实际上是一个电子游戏厅。电器行里销售的那些家电，一到夜里就会变成各式各样的游戏机。我举个例子你们就明白了，人类玩的拳皇街机实际上是洗衣机。"

他这么一说，我立刻明白了。那种老式街机两个红色的操作手柄可以玩出无尽花样，确实曾被我们戏称为"洗衣机"。

"很长一段时间以来，我们都怀疑那家游戏厅并不单纯，但他们有特许经营的执照，没有真凭实据，不方便查。"罗警官端详着那枚游戏币，"这上面印的图案很像电视塔，十有八九这就是那家游戏厅的游戏币。如果他们真的和这次的事情有关，倒是一个彻查的好机会。"

"你们怀疑那家游戏厅有什么问题？"信使问。

"我们怀疑他们利用松塔机开设地下赌场。"罗警官说。

"松塔机？"这玩意儿我也没听说过。

"就是老虎机，不过比老虎机还要多几层。钱从投币口扔下去，会落到下方的小平台上，如果运气好，新掉下来的钱会在滑进滑出的过程中将小平台上的钱推到下一层，下一层的钱如果足够多，就会被再次往前推，直到掉出机器。这种东西看起来有人有出，实际上能掉出来的只有投进去的十分之一。不少人沉迷于此，最后倾家荡产。"罗警官说。

真没想到，精怪们的世界里也有这种害人不浅的东西。可是许小五为什么会卷到游戏厅和地下赌场的迷局当中去，仍然是个谜。

"到底是怎么回事，去看一眼就知道了。不过，首要任务是将许小五捉拿归案，我们先把他拿下，你们再进去查赌场。"汪队长和罗警官商量。

"好。我建议你们不要打草惊蛇，最好先让不容易引起注意的新面孔出面，稳住许小五，避免他因为拒捕造成麻烦。"罗警官看了看我们，"可以让这两个人类去探探情况。"

"凭什么……"

"这次悬赏的钱可不少。"灰猫火速打断我的愤愤不平。

"有道理。就这么定了。"我立刻一口答应，"不过，猫也得一起。"

上次险些被拌了月饼馅儿的经历还在眼前，我可不想稀里糊涂地再次孤身涉险。

汪队长不置可否地看了一眼灰猫，又看一眼我们："把李伯三带上，有他在，许小五应该不会做出什么过激反应。"

这倒是个好主意。

"飞虎也得去。"罗警官看着汪队长，"只有三个人类不行，至少得有一个我们的成员。"

"好吧，"汪队长妥协道，"我也跟着去好了，换身打扮。"

"你就算了，整个市局就没有比你更像警察的。"罗警官乐了，露出一口白牙。不得不说，他笑起来的样子也很……有震慑力。

行动时间定在午夜十二点。空气干冷，天气预报显示夜间可能有雪。电视塔高耸在广场正中，从塔身下方仰头看去，很有"危楼高百尺"的感觉。按照计划，汪队长和罗警官带人在附近接应，我和徐栖、灰猫、李伯三前去探路。

电器行的大门锁着，我们从送货的后门进入，推开挂着"闲人免入"牌子的小门，面前是一截幽暗的水泥楼梯，通向地下。

我的心怦怦跳，双手揣在两个口袋里，各自抓紧一枚信号弹，这是汪队长交给我的。

"红色的是信号弹，适合室外用，绿色的是气味弹，适合室内用。气味弹穿透性很强，即使在地下室也不影响效果。如果不能顺利带出许小五，你就立刻发出信号，我们的人马上冲进来接应。"他说。

按照罗警官的思路，灰猫要尽量隐蔽，不要暴露，像以前那样装在挎包里也不行，过于惹眼了。徐栖想了想，打开冲锋衣拉链，露出里面起了毛球的套头毛衫，把灰猫呈大字形举起，贴在了自己的毛衣上。

"喂喂！我又不是冰箱贴！"灰猫大声抗议。

"灰灰乖，试试看能不能抓紧。"徐栖拉上外套拉链，双手插在口袋里，从内部托住灰猫的屁股。

这么一看，确实不太明显。最多像一个长了啤酒肚的中年男人。

"真暖和啊。"徐栖愉快地拍了拍自己的肚子。

我们三个站在楼梯前，多少有些犹豫。李伯三问："小五真的在下面？"

"听罗警官的意思，八九不离十。"

李伯三咬咬牙，打开楼道的电灯开关。我跟在他后面，徐栖跟在我后面，挨个下了楼。地下库房的门像防空洞门一样，上面还带有转盘锁链。我们转动转盘，用力将门拉开，震耳欲聋的音乐突然奔涌而出，徐栖瞬间炸成了一只毛球。他惊慌地拉住我说了些什么，但他的声音完全被淹没在铺天盖地的嘈杂当中，我什么也没听见。

"快进来！"我喊道。

跨进铁门，就像被一只大手推进了光怪陆离的万花筒，彩灯乱闪，电音狂飙。生意爆棚的游戏厅里，几十只河狸在驾驶疯狂赛车，一群鹬鸪在跳舞机前快速挪动两只脚掌，海狮们用力拍打架子鼓，一队熊在玩一种类似虚拟现实的坦克战车。兔子们欢天喜地抓娃娃，章鱼们忙着打地鼠，猴子们热衷投篮套环，一排秃顶的猩猩坐在格斗类游戏的机器面前，投入地KO对手。

李伯三第一次见到这种场面，吓得目瞪口呆，徐栖被吵得晕头转向，双手捂住耳朵，我只得拉着他们在五光十色的海洋中寻找许小五的身影。穿过一排玩钓鱼游戏的乌贼，前面是VIP区的精致木门，我们想也没想就逃了进去。雪崩一般的噪音终于被关在外面，我只觉得耳朵一轻，松了口气。

VIP室与外间截然不同。这是一个圆形房间，正中是一个透明的玻璃圆柱，四周整齐地摆着一圈金灿灿的"老虎机"。和常见的老虎机不同，这些机器内部的移动平台层数更多，就像松塔一样层层递进，难度也因此比老虎机大得多。看来这就是罗警官所说的松塔机了。

这间游戏室十分安静，除了角落里睡着的管理员发出轻微的呼噜声，屋里只有轻柔的音乐和金币们掉落时发出的细微又清脆的叮咚声响。每台机器前面都坐着一个沉默的玩家，他们一言不发地将手中的游戏币投入投币口，然后期待更多金币能够掉下来。没有人说话，也没有人欢呼大叫，更没有人围观别人，大家各自专心沉浸在自己的世界里，白色的彩券像面条一样源源不断地从机器里流出，在玩家脚下堆起厚厚的一层。尽管如此，也没有人弯腰去取彩券。每个玩家都只有两个固定动作：抬手投币、垂手接币。

谁也不知道他们在这儿玩了多久。每人座位旁边都有一个小巧的移动餐车，只要玩家按下按钮，餐车就会自动将饺子、方便面、盖浇饭之类的食物送到他们面前，吃完之后又自动移走。

不知道为什么，在这个满墙金灿灿、满地白花花的屋子里，我感到毫无来由的忧伤。好像时间变得很慢很慢，静止于此。

我们一言不发地走过斑马、长颈鹿、驴、老年狒狒，看到了一个瘦小的身影。他背对我们坐着，穿一件单薄的绒布衬衣，头发整齐，一只胳膊固定在松塔机前方的支架上。我忽然意识到这种支架的作用：当玩家因为过长时间保持同一动作导致手臂酸痛不能动弹时，可以将胳膊搁在支架上，以便轻松地继续投币。

他脚下堆积的白色彩券已经不能用许多、大量之类的词来形容，而是堆成了山，又漫成了海，塞满了他身边所有的位置。他坐在由彩券堆成的庞大纸堆上，就像无边无际的海面上冒出来的一座孤岛。

尽管这是第一次见，尽管只是个背影，我仍然在一瞬间就认定了这就是我们要找的人。

"小五。"李伯三上前一步。

许小五回过头来。他看起来仍是一副文静清瘦的少年模样，只是眉宇间浸染了许多憔悴。见到李伯三，他有些困惑地活动了一下干涩的眼球，又转回到游戏机面前。

"小五！"李伯三又喊了一声。

许小五再次回过头来，动作比上次略微灵活了一些。他看着李伯三，惊喜的神情浮现在脸上，很快又忐忑地退了下去。

"你怎么在这儿，"许小五礼貌又有点心虚地说，"听说你在度蜜月。"

李伯三的目光不自在地移到别处，又移回许小五脸上，低声挤出一句："我用不了那么多钱。"

许小五的耳朵红了："当初吹牛的时候没想那么多，兑现起来才知道有点儿麻烦。"

李伯三露出一个难过的笑容，低声说："你的事情我都知道了，咱们这就走吧。"

"这两位是警察同志吧？"许小五看看我们，并不怎么慌张，"能不能再给我点儿时间？"

"你要做什么？"李伯三不解。

"我想再打几局。"许小五说。

"你的通缉令都贴到脸上了，还惦记着打游戏！"李伯三忍不住喊了起来，不过周围的玩家们谁也没有注意到他。

"三子，这不是打游戏，这里这么多人，都在和我做同样的事。"许小五从彩券堆上滑下来,指着屋里的一圈玩家对李伯三说,"你看,这是一个工程师,卖了房子炒股票,结果倾家荡产;这是一个程序员,迟迟不敢向喜欢的人表白,结果只能去人家的婚礼上凑份子;这是一个发生了婚外情的男人,离婚以后才想起老婆的好;那边是个四十多岁的全职太太,孩子上小学了,她才发现自己已经回不去职场;还有那个坐轮椅的人,他本来是个舞蹈老师,结果滑雪的时候弄坏了韧带……"

"你们要二吗?"李伯三茫然又震惊。

"我们在努力打开时光之门,让时间倒流。"许小五平静地说。

这个回答太过于出人意料,我们全都愣住了。

"你看到了吗,每台松塔机里都有一个巨大的松果,谁能让它掉下来九次,谁就可以打开中间那个玻璃门的时光隧道,回到过去,改变那些让自己后悔的事情。这就是这个游戏厅真正厉害的地方。"许小五说。

"怎么会有这种事呢!你脑子坏了!"李伯三喊道。

"你不相信而已。"许小五平静地说。

"你见过有人打通过吗？有吗？"

"没有。不过，我一定会做到。"许小五说，"我会回到过去，把人生重新来一遍，就不会像今天这个样子了，就可以光明正大地送你贺礼而不是靠打劫了。"

"既然有这么大决心，干吗不往前看，往后路还长着！"李伯三说。

徐栖也帮着李伯三说话，十分热心地顺水推舟："就是啊，你好好努力几年，等他下次结婚的时候还是可以光明正大地送贺礼。"

紧张的空气凝固了，大家卡在原地搭不上话。我只好劝他们："先回上面去吧，有没有时光隧道再说。"

但李伯三的固执脾气上来了，他非要刨根问底。

"是谁告诉你这些话的？"

"熊老头，"许小五指了指角落里打着呼噜的游戏厅老板，"他找到我们这些倒霉鬼，告诉我们这条出路。"

"你抢来的钱都给我了，哪儿来的钱买游戏币？"

"从熊老头这里赊的，"许小五说，"只要我们把余生的时间交给他，就可以一直在这里……"

"一直在这里为了不如意的生活而懊悔。"李伯三说，"我知道了。"

他大步朝打盹的熊老头走去，突然一手揪住对方衣领，另一只手抡起拳头就打。胖大的熊老头在迷糊中被摔到地上，身上披着的黑色羽绒服掉落一旁，露出白色高领毛衣和两只黑绒袖套。他从地上爬起来发出一声吼——面宽体阔、双眼深陷，正是画像上的疑犯！

我大吃一惊，慌忙掏出绿色信号弹。熊老头一个过肩摔放倒李伯三，转身向我扑来，徐栖吓得双手一松，灰猫从他的外套里一屁股掉在了地上。熊老头看见灰猫，手下一滞，我赶紧连滚带爬闪到一旁。紧接着，外面传来了罗警官粗粝的嗓音和特警们占领游戏厅的响动。

发出这么大动静，周围的玩家没有一个停下来看我们一眼，仍然沉浸在自己的世界里。

熊老头见势不妙，转身往房间中间的玻璃门奔去。他按下开关，打开玻璃门，飞快地冲了进去。只见玻璃门下方的地面往两边一分，熊老头遁地而走。

"是时光隧道！等等我！"许小五大喊着冲向玻璃门。

"小五，别去！"李伯三想要制止他。

"疑犯跑了！"灰猫嗷的一声冲向发射塔。

"灰灰——"徐栖跟着撒丫子冲了进去。

"喂——"我也只好跟着徐栖冲了进去。

八

"时光隧道"正处于电视塔下方，它的上面并不是天花板，而是和整个发射塔相通。刚刚熊老头进来的时候地板自动分开，我们却没有这么好的待遇，巨大的推力从下方传来，我们像一支火箭一样被弹上天空，飞向几百米高的发射塔顶端。

虽然谁都知道电视塔相当之高，但一定不如直冲云霄的飞行体验来得深刻。塔心内部并不是漆黑一片，我只看到四周灯光飞速后退，就像乘坐高速列车穿过隧道，也像在公园玩跳楼机或者过山车——被向上抛的过程其实并不可怕，可怕的是上升到头之后自由落体的阶段。半空中的许小五早已吓得现了原形：一只乳白色、发出吱哇叫声的袖珍仓鼠。

通道顶端打开了，一块圆形夜空出现在眼前，许小五和李伯三嗖地飞出了我们的视野。灰猫和徐栖在空中变换着各种姿势造型，我的大脑像一桶打翻的面条，好在右手摸到了汪队长给的另一只信号弹。

谢天谢地，还以为这只户外使用的红色信号弹这次用不上了。我拽开引线，尽力将信号弹对准夜空，刺啦一声，橘红色的火光像节日的烟火一样冲了出去，先是撞在灰猫的屁股上，然后高高地飞出了发射塔的天窗。

紧接着，我们也弹出了天窗，广袤的夜空突然展现在眼前，好像被人当头一棒之后的眼冒金星。我们凭借惯性在空中又上升了一小段距离，然后进入十分短暂的停滞状态，徐栖突然喊道："今天忘了——"

我和灰猫根本顾不上鸟学家，接下来就该自由落体了，我们很有先见之明地惨叫起来。

不迟不早，一张大网稳稳地兜住了我们。拉网的是一群羽毛火红的大鸟，一边扇动翅膀，一边散发出浓郁的、香喷喷的食物气息。

"是燃鹅！"灰猫欢快地喊道。

燃鹅方队拉着网往前飞去，在我们前方，李伯三躺在另一只大网当中，手里捧着变成仓鼠的许小五。一只黑色的大鸟在旁边滑翔，指挥燃鹅降落，是信使。

我从来没有从这个视角俯视过午夜的城市，高楼大厦都成了灰色纸盒，地上的人事烦忧变得无足轻重，只有广阔的天空真实可依。

　　"你刚说今天忘了什么？"我问徐栖。

　　他脸色发白，显然还在惊恐之中："……忘了拿快递。"

　　"你在几百米高的高空，脑子里想的是拿快递？"鸟学家的脑袋经过哈士奇的撞击，果然还是出了问题。

　　"电商促销那天我也买了东西的。"徐栖委屈地回答。

　　我们降落在电视塔下的广场上，李伯三惊魂未定，许小五变回人类的样子，躺在地上喘气。

　　"咱们以前那些事儿，你还记得吗？"许小五望着夜空呆了一会儿，转头问道。

　　"本来不记得的，今天又想起来了。"李伯三回答。

　　"真的？"许小五一跃而起，"难道熊老头说的是真的？一过时光隧道，你就想起来了。"

　　"瞎扯。老子本来就记得，只是不好意思承认记得，于是假装不记得了。"李伯三说。

　　电器行的正门轰的一声打开，身穿作战服的罗警官和汪队长走了出来，两人押着一个身穿白色毛皮大衣的胖大男人。这个男人一步一挪，走得很慢，除了两个袖子和两条裤腿是黑色，两只黑眼圈也尤为醒目。目送熊老头被押上警车，许小五问李伯三："你说，如果重来一遍，我的人生会不会好一些？"

"不会。人生在世，各有各的糟糕。"李伯三回答。

汪队长把许小五押进了另一台警车。

"我们在 VIP 厅的夹墙里起获了巨额赃款，很有可能和罗威之前捣毁的地下赌场相关。今天大获全胜，多亏你们几位。"汪队长的海苔眉舒展开来，关切地看了看灰猫屁股上被信号弹熏黑的一块，"太危险了。好在信使提前做了准备。"

"熊老头准备怎么处理？"我问。

"先带回去审。那家伙强硬得很，不过不管怎么样，松塔机都是违规的。"汪队长说。

细小的冰粒落了下来，从地面抬头望去，夜空高远，空气冷硬，世界像一块结冰的毛玻璃。许小五虽然荒唐，却勇敢决绝、一诺千金，李伯三有这样一个朋友，比大多数人幸运得多。我们一生要犯那么多错，走那么多弯路，错过那么多人，如果真的有时光机，如果可以在时间的洪流中随意穿梭——

"那样的话，你只会觉得自己从来没有存在过。"灰猫淡淡地说，"时间只不过是一团毛线。三流编剧，有些东西只因为有限，才是可贵的。"

我并不明白关于毛线的比喻，但也没有再问，也许是它们这一类的俗语。阿泰开车送我们回去，冰粒打在车窗上，很快模糊了外面的街景。

回到虎坊桥的家里，我们仨闷头睡了一个大觉。第二天下午，徐栖的快递到了，是一只足有半人高的纸箱子。我吸了一口气准备用力去搬，发现其实没什么分量。

"送你的！"徐栖高兴地打开箱子，里面是一只巨大的浅灰色字纸篓，"我买了全网口径最大的废纸篓，闭着眼睛都能扔准。以后你写小说的时候可以尽情扔，写多少扔多少。"

"信不信我把你扔里边。"我望着他真诚的眼神，捏紧了拳头。

几天后的一个下午，喜气洋洋的汪队长带着一队人马造访了我们的住所，阿泰端着照相机跟在后面，不时按下快门。我和徐栖搞不清状况，灰猫倒是气定神闲，一副见过大世面的样子。

"哎呀，发奖金就直接发嘛，每次都搞这么大阵势。"灰猫嘟嘟囔囔地抱怨着，接过汪队长递来的写有"坚果卫士"的大红锦旗。

"两位，看这边！苗先生的脸请往后退一退！"阿泰在镜头后面挥手，咔嚓一声，汪队长露出两排白牙，灰猫夸张地咧开了三瓣嘴。

啮齿类商会的秘书长也来了，这是一位身材娇小、语速很快的女士，虽然是啮齿类的一员，看起来却像一只泫然欲泣的小型猫科动物，两只眼睛水汪汪的。她十分活泼地向我们道谢，还送了我们一斤金灿灿的迁西油栗。

"一点儿心意，别客气哟！"她灿烂地说。

"不客气不客气！"我还没伸手，灰猫就把纸袋子抢了过去。

接下来又是一轮客套、握手、合影留念，等大部队告辞，我们都松了口气。

汪队长从口袋里掏出信封放在桌上，灰猫迫不及待地打开信封，发出一声欢呼。它把栗子和钱往桌上一摊，自己陶醉地躺了上去，在金钱的海洋中摆出遨游的姿势。

"许小五最近怎么样？"我趁机打听那只仓鼠的后续。

"还不错，比之前精神好了不少。"汪队长说，"李伯三在给他找律师，估计会判个几年不准碰坚果。"

"抢金库可是重罪啊！这就没事了？"这种量刑还真是头一次听说。

"哪里有抢？没用武力，只能算偷，追回损失，就不叫后果严重，再加上态度良好，符合宽大处理的条件。"汪队长说。

"那游戏厅老板呢？是什么来头？"徐栖问。

"是个熊猫。十多年前趁保护区维修，从四川那边溜了出来，一路流窜作案，最后在北京落了脚。现在已经被押解回卧龙了，算是这次行动的意外收获。"汪队长回答。

原来是熊猫，难怪有点特权。

"噢！还有一件事差点儿忘了，"汪队长拍了拍在钱堆里打滚的灰猫，"你的申请我已经交上去了，过段日子就能批下来。本来特种经营很难批的，不过最近的几个案子你都帮了大忙，上头一高兴，说不定就能通过了。"

"什么申请？灰灰要开店了吗？"徐栖好奇地问。

"小虎没和你们提？"汪队长有点惊讶，"灰猫事务所啊！专门解决各类奇异事件、疑难委托，申请材料上写的你俩都是编内员工。"

我和徐栖呆住，他的脸上显出腼腆的神色，两只眼睛却亮晶晶的。

"早就有这个想法，不过平时太忙又找不到合适的助理，所以一直拖到现在。"灰猫慢条斯理地舔着手，"一来赚点儿小钱，二来造福人类，也算是发挥余热。"

"平时太忙……这种话还真说得出口。"

"喂，三流编剧，我这也是为了给你们两个失业青年增加就业机会好吗。我看鸟学家态度就很好，你嘛，先看看能不能过实习期。"

我一个反手把崭新的纸篓扣在了灰猫头上，谁见了不说一声干得漂亮。

新年

朝阳南路的新居

一

圣诞过后，不久就是新年。街角支起了卖烟花爆竹的临时摊位，淡淡的鞭炮气味飘在空中，虽然热闹还没开始，已让人无端联想到热闹过后那一地的红色纸屑。

北风停了，空气仍然干燥，在室外时间一长，皮肤便微微发痛。我窝在没有暖气的金杯车驾驶座里，无所事事地看着窗外的冬日。天空像冷硬的蓝色瓷砖，贴在高处的天花板上，树木落光叶片，干枯的枝丫间露出厚实的鸟巢。春意盎然时，那些鸟巢里想必充满一家大小的莺歌燕语，此时万物凋零，鸟兽四散，巢穴不过徒有其表。

冬天是萧瑟的季节，即使编出一个春节，也不过增加漂泊者的麻烦。对于一个既没有年终奖又没有家人的失业青年来说，倘若能避开这样的节日，倒是最值得庆祝的事情。

心里烦闷，手便下意识地伸进口袋，结果除了手机什么也没摸着。最近一段时间不知不觉抽得很少，几乎已经成功戒烟。徐栖进去建材市场已经快要一个钟头，还没有出来的迹象。快到年底，这里的生意也接近尾声，进出货场的车辆寥寥无几。我打开车上的广播换了几个频道，全是些烘托新年气氛的喜庆节目。一只寒鸦从车前极快地飞过，像一只被用力扔出老远的纸团。

我再次望向建材市场空洞的大门，忽然产生了奇怪的念头。这念头让我吃了一惊，当即推开车门，险些把采购回来的徐栖撞了个跟头。他一手捂着脑袋，一手费力地拉着一辆平板车。

"东西太多，我挥了半天手你也没看见，只好借了个地牛。"他说。平板车上堆满开关插座、五金耗材、龙头阀门、软硬水管、墙漆涂料、滚筒毛刷……两页纸的清单变成现实，竟然有这么一大堆。

我们七手八脚把工具材料扔进金杯车。我脑海中一闪而过的那个念头被活生生的事实一脚踢到了一旁。

"二手木地板在后面，金杯放不下，得另雇一辆车送货。"徐栖愁眉苦脸地说，"多花了三百块钱。"

我发动车子，总觉得什么地方不放心似的，扭头又确认了一遍。

"咱们去朝阳南路对吧？"

"对。朝阳南路 17 号 107。"

"什么时候搬来着？"

"这个周末。"

"哦。"

"怎么了？"

"没。"

他疑惑地看着我，我径直把车开上了主路。

说起来，搬家这件事和坚果的案子密切有关。因为我们频繁被警察造访，还在众目睽睽之下坐进警车，房东直截了当地告知我们不能继续租住下去。这样一来，我们就陷入了年底找房的窘境。

"上次那个吴总，就是喜欢玉雕篆刻、头发不太多那个，不是说有十来套豪宅让咱们随便住？挑个暖气足的独栋好了。"灰猫倒是脸皮厚，漫不经心地拨弄着金灿灿的栗子。

"人家说是那么说。租房不给钱，终归不太好。"徐栖说。

灰猫叹口气，给我使了个眼色。我领会它的意思，清清嗓子："不给钱自然不行，但如果有便宜点儿的房子再打打折，我们说不定也付得起。"

"我同意。"灰猫立刻附和，"回头我去啮齿类银行把栗子换成钞票，至少能抵几个月租金。"

于是，我们一边互相安慰一边厚着脸皮跟吴总联系，问他有没有我们付得起价钱的两居室。

"容易。"吴总爽快地说，"如果能等到年后，我名下大概有五六处房子租约到期，可以任选，如果年前要搬，目前只有朝阳南路一处两居室空着。这地方的好处是有上下两层……"

我赶紧打断他的话："您太客气了，复式的房子我们恐怕租不起。"

"不不，你听我说完。这地方一来面积很小，二来位于一楼临街，而且室内的装修家具已经完全不能再用，因此空了好几年。如果你们不嫌弃，随时可以搬过来。你们自己翻新的话，第一年的房租就免了。"吴总说。

灰猫和徐栖都凑在电话面前竖起耳朵听着，此刻疯狂点头，我也就再次向吴总道谢，算是把事情说定了。

"不必客气。地址是朝阳南路17号107。"他说。

第二天下午，我们几个去朝阳南路看房。这地方离国贸只有两站地铁，既繁华热闹又快捷方便，比虎坊桥强得多。

正如吴总所说，这屋子听着是个复式，实际上还没有一套老式小两居面积大。楼上两个卧室、一个卫生间，加起来不到三十平米，楼下一个客厅，一个厨房，加起来也不到三十平米。里面地板浸水变形、墙纸受潮卷起，不经大改，确实不能住人。

尽管如此，灰猫却很喜欢这个地方，认为只要拆除旧物，改造一番，就会彻底变样。它要求在一楼和二楼之间做一个遮阳棚，便于午睡。话是这么说，可改造起来也很费功夫，恐怕是一笔不小的开支。

汪队长听说了这件事，立马给我们提供了一条很有价值的信息。

"旧居改造这事儿好办。我们新来的两个实习生没能通过考核，被劝退了，现在改行做装修公司，正愁没有第一单客户。"汪队长说。

"你是说那两个哈士奇？"我惊讶地问。

"是的。他们还印了新名片送给我。"汪队长从兜里掏出一张名片，"你看，'哈哈大笑'室内装潢设计公司。拆房子这类活儿，他们再擅长不过。"

事情就这么定了下来。哈士奇施工队果然名不虚传，一天之内就拆掉了旧房装修，但他们在翻新方面就不是很擅长了。我和徐栖只得现学现卖，自己动手布置水电管线、砌砖、铺木地板。我以前在剧组做过置景工作，会点儿木工电钻活儿，徐栖读书时造过几个鸟舍，也算业内人士。我们俩没有什么正经工作要忙，还有一辆可以拉货的金杯车，来来回回的也不算太麻烦。

过了十来天，施工结束，屋里焕然一新。徐栖为了省钱，按照网络视频上演示的"电工入门指南"亲自装了几盏吊灯，还安装了电热水器。

"线路好像有点儿问题。不过你只要先开电，再开水，最后插插头，应该就不会有事。"他信心十足地说。

"万一弄错了顺序怎么办？"我怀疑地看着他。

"如果先接通了电源再开水，不排除有漏电的可能。"他说。

"漏电？"我吓了一跳。

"没什么大事，最多就是你站到花洒下面的时候会被水流电一遍。"

"电一遍？"

"电一下。"

他打开水龙头，戴上绝缘手套，把电笔伸到水流下方，啪地打出了一个火花。

"看，就这么一下。"

"我可不想在洗澡的时候被这么一下！"我大声抗议，"胖子，你说是不是？"

灰猫趴在洗衣机上，事不关己地舔了舔手："这个嘛，反正我也不洗淋浴。"

礼拜五的下午，我们正式搬进新居，屋里家徒四壁，我和徐栖各自在二楼卧室打地铺。豆包沙发放在一楼，很快被灰猫霸占。这家伙把我的大衣垫在沙发上当毯子，弄得上面皱巴巴的都是猫毛。

周末的天气难得十分晴朗，阳光和煦，灰猫催我们去买几件简单家具，我躺着不想挪窝。太阳暖烘烘地照进落地窗，木地板吸足了热量，把我的后背烘得十分舒服，我仰卧一阵又翻个面俯卧一阵，确保两面都晒得彻底。用灰猫的话说，"三流编剧在烙饼"。

回想起来，夏天时我和女友分手，独自度过了一段灰暗的生活，不久因为合租认识了新室友，在夏末的暴雨中救了一只会说话的猫，在中秋的夜里卷入精怪们的帮派纷争，从此得知了一个奇异的世界，然后是信使、汪队长、罗警官的出现……到年底时，不仅搬到了朝阳南路的新居，还因为写连载小说获得了稳定的稿费。一切都有种不真实的气息。生活真是难以预料。

"你有没有觉得这不像真的？"我问徐栖。

"什么？"他在玻璃窗前拼搭那只渡渡鸟的骨架标本，头也没抬。

"没什么。"我懒洋洋地说，"真想就这么躺下去，既不用工作，也不用为了回家过年而烦恼。"

"哪有这样的好事。"

"灰猫不就是这样？成天躺着，什么也不干。"

这么说其实不太准确。灰猫这几天忙着购物、点货、整理过年送礼的清单，头都顾不上抬。墙角堆满了它从精怪集市买回来的年货，有各类鱼干、点心、汤料、手工软垫、掏掏乐游戏机、带铃铛的皮老鼠、崭新的领结……大包小包堆成山。我起了好奇心，想知道它们是怎么过年的。

"这个嘛，和你们差不多。无非是回老家聚一聚，走走亲戚，给侄子们发点儿礼物，大家泡泡猫汤温泉，钓会儿鱼，吃点儿新鲜水产，玩会儿打地鼠。"灰猫漫不经心地说，"老汪他们比较热闹，亲戚一大群，又是扔飞盘又是打骨牌，天天吃大锅炖排骨，啧啧。我说，你们到底什么时候去买桌椅板凳？"

我赖着不动，闭上眼睛。明亮的光线照在眼皮上，即使闭着眼睛也能看到一片橘色。

又磨蹭了几天，街上过年的气氛浓了起来。早餐小店里播放着"恭喜发财"的音乐，超市排起长队，人们像松鼠一样囤积年货，连徐栖也花十块钱买了几张福字回来贴在门上。这天晚上，灰猫神秘兮兮地跳上豆包沙发，问我们要不要去吃高级酒席。

"年底嘛，总归少不了饭局。有些是公开的，有些是私下的。"它捏了捏自己肚皮上的褶子，"今年精怪团建的地方在国贸顶楼餐厅，据说是包场酒会，高级自助晚餐，还有海鲜船。"

"你上次卡在栏杆里也是因为自助餐吧？"我无所事事地刷着手机。

"放心吧，猫不会两次卡进同一个栏杆。"灰猫装模作样地正了正领结，戴上软呢小圆帽，"怎么样，要不要一起？"

"酒会这种社交场合，我不太擅长。"徐栖为难地说，"我以前参加过一些学术会议，级别最高的一次，晚宴上吃到了二十六种动物、四十三种植物、六种藻类、八种真菌，即使这样，我也没能认识什么人。"

"我们团建和你们不一样，无人劝酒，各自尽兴。老汪、信使他们会去，开小吃店的鹈鹕、黄鼠狼会去，狐猴、豪猪、在热力厂工作的几个老鼠也会去。"灰猫说。原来，精怪们的年终聚会并不按照工作单位和有钱没钱来区分场次，而是集体出动，彻夜狂欢。其间还有各种游戏，大家自由组队，只图高兴。

既然这样就没什么好担心了。我和徐栖试图翻出一身体面的衣服出席活动，至少不给灰猫丢脸，结果翻来翻去，他还是只有一件套头毛衫，我也只得穿上被灰猫弄得皱巴巴、毛兮兮的大衣。在我的强烈要求之下，徐栖终于同意不戴毛线帽子。

我们跟着灰猫进了酒店，坐电梯直上顶层，果然热闹。一进门就是盛满美味佳肴、甜品酒饮的长条大桌，令人眼花缭乱。真没想到城里的精怪们这么有钱。

"今年的团建是啮齿类商会赞助的，必定档次不低。他们算是最有钱的一类，餐饮、零售、金融、健身房等等一大堆产业都在商会名下。"灰猫蹲在徐栖肩上，挨个向我们介绍周围的客人，"看，这位就是卖鲜虾馄饨的鹌鹑，那边的是中关村卖鸡汤面的黄鼠狼，这几个是跳槽去酒厂的狐猴，还有刚刚融资开了连锁果汁站的浣熊……"

汪队长他们也在，一群人围着大屏幕收看最新的飞盘比赛实况，桌上堆满大小排骨，呼声震天。灰猫看到一旁摆着的跳舞机，嗖地冲了过去，踩着光点疯狂摇摆，全然不顾肚子上肥肉乱甩。

另一侧的角落里，信使穿着一条式样简洁的黑色连衣裙，手里捧着一桶爆米花，独自戴着耳机看一部关于西伯利亚荒原的纪录电影，静止的镜头长时间凝视一棵萧瑟的树。我从她身边经过两次，她完全没有和我打招呼的意思。

一位服务生轻轻摆手，示意我不要在那个区域逗留。

"怎么了？"我不明白他的意思。

他并不说话，只是礼貌地微笑，指指贴在一旁的指示牌：

请不要打扰这个区域的客人，它们正在自己的世界里。

原来如此。徐栖露出欣然的神色，他一定没想到一场热闹的聚会上还能提供独处的场所。他碰碰我的胳膊，示意我往窗边望去，我瞬间被眼前的情景吸引，停下了脚步。

巨大的落地窗下，一个瘦削的男人头戴白色耳机，正在独自下棋。室内暖气充足，他却穿着一件修长的褐绿色外衣，身旁放着一把墨绿色雨伞，仿佛身处的不是高档餐厅，而是雨雾绵绵的室外公园，看起来好像刚刚坐下，又像随时打算离开。

从玻璃的倒影中看到我和徐栖，他抬起头，向我们转过脸来。这是张奇特的脸，性别不明，面容俊美，肤色苍白，眼睛的颜色比正常人的淡，目光却比寻常人的深。这目光中并无敌意，却有比敌意更复杂的东西——好奇、端详、疏离、冷峻、凌厉……我不知道他是什么，但肯定是一只冷血动物。

他向面前的空椅子伸出手，示意我们过去。桌上并不是普通的棋局，而是一种我从未见过的棋盘游戏。他没有说话，只是移动棋子、演示规则，我什么也看不明白，徐栖却思索片刻，也移动了几枚棋子。那人淡色的眼睛顿时变得颇有兴致，指指桌上的另一副耳机，让徐栖戴上。

徐栖戴上耳机坐下，立刻进入了对弈的世界。我看了一阵，全无头绪，只得放弃。好吧，这是他们聪明人的乐趣，我还是去吃饱喝足算了。

在随后的时间里，我喝了不少狐猴们酿的酒，因为猜拳大获全胜，还赢得一枚狐猴酒馆的酒瓶盖。那几个家伙醉得现了原形，大喊"灵长类都是好朋友"。一只老猴子揽着我的肩膀说："如果你想拖稿，就来我们酒馆躲着！谁都找不到！"

接着是晚餐，我也不知道具体吃了什么，反正味道不错，稀里糊涂。我摇摇晃晃去找徐栖，那个奇怪的冷血动物和棋盘都不见了，徐栖手里拿着一只绿色信封，说是给猫的信。啮齿类商会的秘书长登台致辞，展望新年经济形势，还是一副泫然欲泣的模样。我信心十足要跟信使掰腕子，结果被她押到汪队长那边醒酒，没想到那几只狐猴也在，结果我们又喝了一轮。最后，主持人跳上舞池，我以为他要宣布聚会结束，没想到他说的是"最激动人心的时刻即将开始"。

会场响起一片欢呼，主持人大声说："一年一度的鲸奇之旅！谁敢来一趟鲸奇之旅，谁就能获得今年的大奖！"

"什么是鲸奇之旅？"我问灰猫。

"就是选一个胆子最肥的人，搭上鲸奇号，在城里游荡一圈。"灰猫解释道，"因为沿途可能碰见北先生，所以谁也不敢去。往年被抽签抽中的人都是哆嗦着去，哭丧着回，没遇见北先生还好，要是真遇上了，不知道会被吓成什么样。"

听起来像是小时候一群孩子玩的那种"谁敢跑到村头坟地再跑回来，谁就当老大"的游戏。

"北先生是谁？"徐栖问。

"一言难尽，据说有好多种身份模样，谁也分辨不出来他到底是谁。他能一眼看到你最害怕的东西，然后把你好好戏弄一番。"灰猫兴致勃勃地嚼着小鱼干，"你可别——"

它话没说完，我就跳了起来，举手大喊："我去！"

徐栖吓了一跳，连忙把我的胳膊拉下来，但主持人已经看到了勇敢的我。

"这位人类，喔，我们这里来了人类，稀客稀客！这位人类，你要参加还是放弃？"主持人兴奋地问。

"我参加！我胆大！"在狐猴们热烈的怂恿中，我又喊了起来。徐栖还想拉住我，灰猫已经双眼放光地加入了怂恿的阵营："他参加！我们是一起的，奖品归我们！"

在一片起哄般的壮行呼声中，我昂首挺胸地出了餐厅，信使跟在后面，负责押送。我们走出酒店大楼，向着国贸桥的方向走去。三环上车流前不见头，后不见尾。俯瞰长街，八车道的宽阔道路挤满缓慢蠕动的车辆，红黄相间的车灯延绵不绝，好像深海中游动的鱼群。从我们所处的路口抬头望去，周围全是高耸矗立的地标性建筑。

信使好像不太了解地面上的交通规则，不知道立交桥上禁止行人通行。车流从四面八方涌来，凉风吹在脸上，我的脑袋逐渐清醒过来。想到之前发生的事，悔之晚矣，我正想问信使能不能放弃，她停下了脚步。

"到了。"信使说。

我看看四周，确认我们正站在立交桥上。

"到哪儿了？"

"码头。"

我四下张望，别说河了，连水沟都没看到。我怀疑我们之中至少有一个还醉着。

"然后呢？"我问。

"等船。"

"什么样的船？我帮你盯着。"也可能我们俩都有点毛病。

"鲸奇号——来了。"信使指着前方远处，除了桥下一如既往的车流，我什么也没看到。

"戴上呼吸面罩，抓紧时间。"她递给我一块透明的什么东西，冰凉滑腻。

"这不是水母吗？"如果不是狐猴的酒，我怎么也不会来这一趟。

"我现在倒计时，数到一你就跳。三十、二十九——”

“别、别，等会儿，到底要干吗？”

“跳到河里，游泳上船，二十四、二十三——”

“河在哪儿，河在哪儿？”

“快戴面罩，来不及了。十九、十八——”

我只得赶紧把水母套在头上，它立刻自动张开变成一顶柔软的透明头盔，下部和我的脖子紧密贴合。我不禁在脑海中想象自己头戴鱼缸的宇航员造型。

“现在怎么办？你不会真让我从立交桥上跳下去——”我指向桥下的车流，话的后半截被我咽了回去。

透过水母面罩，我看到的不再是滚滚车流，而是一条宽阔的大河。它有河面的平静壮阔，也有海洋的深不可测。深蓝色的河水中，数不清的水生动物徜徉其中，有序前行，大小船只挑着灯笼，光芒四射。震惊之中，一条装饰得富丽堂皇的蓝鲸船在繁忙的河道中缓缓行驶，离我们越来越近，我几乎能听到鲸船上传来的鼓乐之声。

“十、九——”

“等等，你怎么不一起？”

“我是鸟啊！”

"那胖子怎么不来！"

"它是猫啊！"

"这算什么理由！"

"四、三，准备——"

"我不跳！"

"一。时间到。"

我稳稳地站在桥上一动不动，让我从这里跳下去，杀了我还差不多。信使见我不听指挥，叹了口气。

"下水以后立刻上船，千万别耽误，还有，如果遇见北先生，别相信他说的任何一句话。"她说完，忽然翅膀一扇，一阵劲风直扑后背，把我从护栏上推了下去。

"别，救——啊！"

两侧的商铺和写字楼快速从身边掠过，潮湿的水汽和泥土的腥味扑面而来，平日里熟悉的马路车流声变成河道的水花和游船的吆喝灌进耳朵，扑通一声，我浸入一片冰冷的水域，不由自主地闭上眼睛，屏住呼吸。

虽然会游泳，但我一直讨厌水。它让我感到无边无际，没有着落，不管如何努力，什么也抓不到手里。水底的黑暗深处令人恐惧不安，水面的漫无边际又让人失去方向。我晃动手臂想要够着什么，结果撞到了自己的水母头盔。我连忙用两只手捧住自己顶着鱼缸的脑袋一阵摸，立刻确认了一个天大的喜讯：头盔完好无损，虽然柔软透明，却真的将我的脑袋和河水安全地区隔开来。

我小心翼翼地吸了一口气，谢天谢地，钻进鼻子的不是要命的河水，而是凉飕飕的空气。我将眼皮睁开一条细缝，眼睛也没有进水。

水母真是个好东西，除了可以做成凉拌海蜇皮，用处还不少。

我睁开眼睛，发现自己身处鱼群中央，一道阴影正从上方移过，是刚刚那条鲸船的船底。

我划动手脚，奋力向上游去。然而事情比我想象的麻烦。在繁忙的河流中穿过鱼群，就像在宽阔的马路上闯红灯一样危险和困难。鱼群的速度很快，河道里没有红绿灯，我担心它们撞破薄如蝉翼的水母面罩，不得不瞻前顾后。等我穿过鱼群，鲸奇号已经开出好远一段距离，靠游泳是不可能追上了。

二

我漂浮在漆黑的河水中，鱼群身上发出的耀眼灯光令人头晕目眩。我不知道河岸的方向，抬头也看不到距离水面有多远。我意识到一个重要的问题：信使没有告诉我如果赶不上船该怎么办。

糟了。

我在黑暗的河水中向前游去，很快失去了时间的概念。为了不让自己感到恐惧和疲惫，我在脑海中想些乱七八糟的事情分散注意力。这种感觉和独自住在虎坊桥时的夜晚差不多，每喝下一瓶啤酒，就感到自己漂浮得更畅快了些，等窗外浮现寥寥晨光，就感到自己成功击退了黑夜。

不知游出了多远，我看到不远处更深的水下有一条亮晶晶的鳗鱼滑过。鳗鱼很长，两侧的身体发出明亮的白光，往前滑动时好像一列开动的火车，在周围的水域中引起细微的震荡。一条鳗鱼游走后不久，又会有一条鳗鱼停留在同样的地方。每次鳗鱼停下又离开，之前的水域里就会多出一小群鱼虾螃蟹。

我游向鳗鱼的方向，证实了自己的猜测：这是一条水底地铁。

鳗鱼进站，车门开启，一只戴老花眼镜的海马慢吞吞地看着排队的乘客，心不在焉地唠叨："前门上车后门下车，主动投币自己拿票，给有需要的乘客让个座儿啦——"

我跟在一只寄居蟹、一只海星、一群虾和一条鱿鱼后面，它们掏出一种白色的贝壳塞进投币口，顺手撕走出票口吐出来的一小截海带。

"请保管好车票，下车检票，没票补票——"海马拦住我，锐利的目光从老花镜后面射过来，"这位，票呢？"

我摸摸口袋，掏出平常使用的地铁卡。海马摇摇头，继续伸出手问我要票。

排在我后面的一群沙丁鱼不耐烦地挤来挤去，一只提着公文包的海星鄙夷地看着我。

"现在浮轨里真是什么样儿的都有，竟然还有装扮成两足生物的，真是乱来。"

我假装没听到海星的抱怨，抓紧时间向海马问路。

"请问这趟车到哪儿的？"

"这是环线。"海马冷冷地说,"下一位。"

沙丁鱼们一拥而上,我眼看就要被挤下地铁,一只粉色的触手拉住了我的胳膊。

"咦,你不是在大鲨鱼喝完'截稿日'的客人吗?和一个戴毛线帽子的酒鬼一起?"触手稍一用力就把我拉进了车厢,两只细长的眼睛盯着我,"你怎么会在这儿?"

我认出了眼前的章鱼,正是"大鲨鱼"酒吧的调酒师章添。章添把我拉到它旁边,一只触手灵巧地掏出两枚贝壳扔进投币口,另一只触手撕下海带车票塞进我的口袋。

这种地方还能碰上熟人,真是太幸运了。

"你去哪儿?"他问。

"我……在国贸那边参加一个聚会,结果莫名其妙地被扔到了这儿。你呢?"我说。

"我刚下班,坐地铁回家。"他说,"你们的地铁和我们的浮轨是通着的,只是需要换乘。"

太好了!地铁是连着的,我可以顺利回到酒店了。

"在哪儿换?"

"有点儿绕。我也不想住这么远,上下班太麻烦。不过房租便宜不少。"他伸出触手指着车厢上方的站

285

牌，"换乘站就在……这儿！西直门东。"

果然有这么一站。

"你到了西直门东，沿着方向指示箭头走。虽然不会迷路，但得走上老半天。这个站弯弯绕绕的挺多，你知道的。"

我道了谢，他摸出几个贝壳币塞进我的口袋："这些你拿着，下次坐车能用上。"

"真是太感谢了。"我不好意思地说，"下次去酒吧还你。"

"不用客气，能喝完'截稿日'的都是纯爷们。"他挥了挥手，"一路顺利！"

我跟着乘客们在西直门东站下了车，前面是一个挂着透明宽粉条门帘的过道。我被拥簇着穿过门帘，转眼进入了一个再常见不过的地铁换乘车站，两边墙上贴满快餐比萨、英语学习、社交软件、电商促销的大幅广告，箭头指向换乘方向。我回过头，来时挂着宽粉条门帘的过道消失了，和我一起下车的乘客们也迅速换成了人类的外表混进人群，只留下地上湿漉漉的一点儿水迹。

西直门地铁站向来以复杂繁琐著称，各种支路暗门堪称迷宫。我穿过漫长的换乘通道抵达月台，顺利坐上了回朝阳南路的地铁。和平时高峰期的人山人海不同，夜班地铁车厢空空荡荡，我的手机没电关机了，想找个人问时间都找不到。

既然地铁还在运营，现在应该不会晚于十一点，回酒店也不会太晚，我想。都怪灰猫把我一个人扔出来，如果我们三个在一块儿行动，它至少能对意外状况有所把控，徐栖也总能莫名其妙地找出一些解决问题的方法。

我靠在座椅上打算眯一会儿，一个埋头看电子书的乘客从前面走过，一不留神绊到了我的脚。他连忙站稳身体道歉，目光投向我的时候明显愣了一下。这么一来，我也注意到了他的神情，不由得疑惑地看着他。

这是个四十来岁的男人，浓密的头发软软地趴在额前，戴一副黑框眼镜。他穿一件墨绿色的套头毛衣，外面是一件短款黑色羽绒服，深色牛仔裤，电脑双肩包。这身打扮实在太过普通，即使我真的见过这个人，也完全想不起来是谁了。

"你……"他用友好的姿态试探着问道，"最近怎么样？"

"我？"我看了看四周空荡荡的车厢，确认没有别人。

他的眉毛微微一皱，往后退了半步，紧盯着我的眼神中透出怀疑和不可置信。短暂的几秒之后，他似乎做了什么决定，突然放松神情对我笑了笑："不好意思，认错人了。"

说完，他快步往前去。然而，刚刚他犹豫的瞬间已经让我确认，这个人一定认识我，而且一定因为什么原因临时希望我不要认出他来。

"稍等！"我拉住他，"你认识我？"

他回过头来紧盯着我，然后低头看着我拉住他的手。我连忙松开他的胳膊，往后退了一步。

他摘下黑框眼镜放进口袋，又从另一只口袋里掏出一副金边眼镜戴上。接着，他拉开羽绒服拉链，露出脖子上挂着的工作证。那上面是一张身穿白大褂、脸戴金边眼镜的证件照，和眼前的人别无二致。

"想起来了吗？"他语调平稳地说，"我是何医生。"

"何医生？"我在脑海中搜索。

"六院心理所的何医生。年初的时候你因为严重失眠挂过我的号。"

288

噢。是有这么回事。当时睡眠很差，只得去了趟医院。公立医院人山人海，没想到一面之缘的门诊大夫还能认出我来。我连忙向他道谢，我们在空无一人的长椅上坐了下来。

"你后来没有继续来拿药了。"他说。

"是的，后来遇到一些巧合的事，失眠的问题莫名其妙就好了。不但不用服药，也不像以前那样总是酗酒。"我不好意思地说。

"哦？什么样巧合的事？"

"我室友生活比较规律，早起早睡，外加养了只猫，总是天一亮就把我叫醒，所以……"

"你养了只猫？"

"噢，严格来说是我室友……"

"你室友？"

"是的，我在网上发了个帖子征室友。有人来应征，所以，就这样了。"我有点尴尬地补充道，"我们处得还不错。"

地铁在隧道中疾驰，轨道与车轮摩擦的刺耳噪声伴着呼啸的风声灌进耳朵，即使坐在同侧也听不清对方说话的声音。我们同时陷入沉默。

"工作的事情怎么样？"等噪声小下去，他问了我另一个问题，神情严肃，一点儿也不像闲聊。

"在家里写了一些连载小说，反响还不错。"我不打算透露小说的具体内容，不然要么会被觉得小儿科，要么会被觉得妄想症。

"你的意思是你在过去几个月里一直没有工作。"

这个说法让我不太舒服，但严格来说也没错。

"你女朋友呢？我记得她一直试图帮你找到合适的工作。"

"我们分……等等，你怎么知道我女朋友？"我心中一凛，警惕起来。

"她带你来的医院。"他说，"你们分手了吗？上次联系是什么时候？"

我不记得是她带我去的医院还是我自己一个人去的了，心中的疑云一点点地聚集起来。

"大概是……中秋节？她想给我找一份工作，我因为别的事情错过了电话。后来就没有再联系过。你为什么知道这么多？"我试图回忆年初去就诊时的片段，与眼前这个人的长相核对，但回忆早已变得一团模糊。

"你等等。我不记得有什么何医生，我只认识一个姓何的大夫，是个老中医，不是医院的医生。"我说的是仙鹤堂的何大夫。

"你根据我的姓氏编造了一个相似的角色，因为你不愿意接受自己在看心理医生的事实，于是把我编成了老中医。"

"什么？"

他眉头紧锁，神情严肃地吸了口气，从衣兜里摸出一张纸片和一支笔。他草草写了几个字，将纸片递给我。

"明天上午我有门诊，虽然号已经挂满了，但拿这个条子可以找门口护士加号。"他说，"一定要来。"

"什么意思？为什么？"

"现在告诉我你的亲人朋友的联系方式，如果联系不上你，我会联系他们。"

"不，我没有……我父母在外地，在北京没有亲戚。"

"那就你女朋友的电话。"

"别了，"我妥协道，"要不你记我室友……"

"不行，要你女友的。"

"我们已经分手很久并且几个月不联系了，"我说，

"我室友……为什么室友不行？"

他合上手里的笔记本，盯着我的眼睛："因为你没有室友。"

一块石头砸穿冰面，沉入水中。我的身体往下坠落，人却不由自主地站了起来。

"你说什么？"

"在这儿我们说不清楚，你明天上午到医院来找我。"他收起背包准备起身。

"不行。"我把他甩回座位上，"你说清楚。"

他眼神中露出防御："你上次吃药是什么时候？"

"你到底是谁？"

"我是你的心理医生。"

"胡说八道。我从来没有看过心理医生，我根本付不起心理医生的钱。"

"没错，你付不起。你女朋友帮你付的，但你拒绝帮助，未遵医嘱擅自停止治疗，失去联系长达数月，你知道这多危险？"

我脑中的世界被撬开了一道缝，眼前这个人正把我带向旋涡。

"我这几个月过得很好。"

"和你的新室友以及一只猫？不，你忘了，你讨厌宠物，你有过敏症，医生让你不要在家里养一切动物、植物，连藻类都不行。你没有猫。你也没有新室友，你在女朋友离开之后试图找人分摊房租，但是他们不到一个星期全都搬走了。因为你整夜酗酒精神恍惚。没有人和你合租。你没有朋友。"

这都什么天方夜谭。徐栖这种奇特的人可不是我能编出来的。

"我有他的电话，我现在就可以打给他。"我松开抓住他衣襟的手，伸到口袋里去拿手机，"没电关机了。但是我只要一打，他就会接，从来不超过两声。"

"好，我手机有电，告诉我号码，我拨过去。"他也掏出手机。

"186……"我答不上来，我没有背过别人的号码。

"没关系，他在哪儿工作？我们打到他公司去。"

徐栖也没有单位。何医生像早就知道答案一样，把手机放回口袋。

"你至少能说说他是个什么样的人。"

"这个……他是个动物学家，和社会学有点儿相关，喜欢鸟类，本来是回国做学术，但是出了些问题没有正式入职……"我努力形容徐栖，"人很温和，干净整洁，早睡早起，之类的。"

"听起来和你正好相反啊，"医生戏谑地看着我，"你比我想象的还要讨厌自己，不惜虚构一个完全不同的人物来当朋友。不过他的身份有点儿乱七八糟，一会儿干这个一会儿干那个，是不是没编好？"

医生的话超出了我的想象空间，然而他细节准确、逻辑完整，我无法从中找出破绽予以反驳。

"年轻人，你是个倒霉的作家，也许连这都算不上。你一无所有却骄傲自负，唯一的本事是找了个有钱又上进的女朋友。去年冬天，你写小说被退稿，写剧本被人冒名顶替，所有努力都人财两空，然后你就不对头了。整夜窝在沙发里酗酒，严重失眠，以为自己在和黑夜搏斗，直到黎明太阳出来，才肯睡着一会儿。"

接着，他说出了我的全名。我的心沉了下去。

"你怎么会……"

"我知道一切，直到你从治疗中消失。我们持续了六个月，在这六个月当中，你每个星期都到我的诊室来。直到一个暴雨之后的白天。"

"……暴雨之后？"

"是的，你告诉我你救了一只猫，花光了钱。我意识到你的情况在变得严重，然而你再也没有来过。"

四肢变得软绵绵的没有力气。隧道里风声呼啸，穿透车厢，扫过空洞的躯体。我扶着栏杆勉强站起来往门边挪去。

医生看了看车厢上方显示的到站表："你不是这一站。你住在虎坊桥。"

"我搬了，现在住在朝阳南路。"

"什么时候？"

"不久前。"

"和你的室友？"

"……对。"徐栖的存在逐渐笼上了迷雾。我想起从游戏厅回来的那个午夜，冰粒打在车窗玻璃上，他的面孔映在一片水痕斑驳之中，模糊了轮廓。

医生慢慢靠近，语调柔和。

"朝阳南路的房子很贵，我不觉得你付得起房租。"

"是的，但是，因为……因为一些凑巧的事……"我不能把坚果、栗子、吴总和灰猫的事说出来，不然我就更像一个疯子。

"一些凑巧的事。"他重复道，"我猜，你搬过去的时候，那间房子又老又破，很久没人住。"

车厢灯光忽然明暗闪烁，我感到全身浸入到黑暗无际的海水当中，从指间到心脏，身体的温度在一点儿一点儿地消失。

"你看过那部挺有名的电影，对吧？一个心理出现问题的男人，以为自己搬进了朋友家中，实际上是撬开了一所废弃的住宅。"

我回忆起午后躺在大玻璃窗前的地板上晒太阳的情景，徐栖埋头给一只鸟搭骨架，我问他："你觉不觉得这不像真的？"

列车迟迟不停站，漫长而空旷的车厢里只有我和医生两个人。车厢有节奏地一下一下摇晃着，铁轨连接处发出哐当、哐当的声音。

虽然没有扑过去掐着他的脖子问个究竟的力气，让我倒地求饶也绝无可能。我倚在门上等待列车停站时下车，但下一站始终迟迟不到。

"这是环线。"医生平静地看着我。

今天晚上才有人跟我说过一句一样的话，为什么他会知道？

"你曾经告诉我，你整天乘坐这条地铁环线，看乘客上车下车，你感到自己深埋海底，周围挤满鱼群。你还说过，每当你经过国贸桥，看到车流不息，就有纵身一跃的冲动。"

医生蹲下来抓住我的胳膊，试图把我弄回椅子上。我握住车门把手，想要拉开制动阀爬出车厢。

"等我回到朝阳南路看一眼，就什么都清楚了。"我虚弱地说。

"我告诉你会发生什么。你会回到 107，发现那里只是一间破败的旧屋，没有朋友也没有猫。然后你会回到虎坊桥，亲眼看到你真正生活的地方堆满了快餐饭盒、啤酒罐头、扔得到处都是的废弃稿纸。"

一点儿不假。

医生将我扶到座椅上，温和地轻声说道："留在这里是最好的选择。"

我漫无逻辑地想起了徐栖和灰猫出现前后的事。暴雨的夜晚，爱喝豆奶的科学家室友，去而复返的猫，五仁之争，张先生和他的麻团儿子，暖总和叶小姐，还有汪队长、许小五，以及一车价值连城的迁西油栗。

"你忍受不了日常的生活，所以虚构出充满刺激和挑战的情节；你又如此孤单，所以虚构了一群人作为朋友。最重要的一点，你反感自己，你讨厌自己，所以在你虚构的世界中，最亲密的朋友和你截然相反。"医生柔声劝慰，"没关系，留在这里，一切就都解决了。"

我看着他的面孔，也许他也是我走入迷宫的脑袋虚构出来的形象。这并不重要了。

我想起了在建材市场外等待徐栖时，脑海中冒出来的奇怪念头：并没有什么人要回到车上来，也没有什么旧房子等着我回去翻新。像我这样不易相处的人，什么时候跑出来一个朋友？几年里在北京换了无数个住处，无论多破的地方都是倒头就睡，这样的生活，怎么会和建材市场扯上关系？那台暖气都没有的金杯车，又是哪儿来的？

留在这里不用交房租，这倒是真的。我将手伸进衣兜，战栗的手指摸索着香烟盒和打火机，一无所获。

医生满意地站起身，背上背包准备离开。他有点得意又有点怜悯地看着我："我有空的时候会来看你。不过，我有空的时候不多。"

光影黯淡，轨道的摩擦声变成尖锐的耳鸣。我的手指碰到了两片硬硬的、小小的、圆圆的东西。忽然间，它们锐利的边缘划破迷雾，坚硬的堡垒出现了裂痕。我低头看看自己的外套，上面沾满灰白相间的猫毛。心中颤动。

我将口袋里两枚白色的圆片举到面前，医生微微一怔，继而露出狡黠的笑容。

那是调酒师章添塞进我口袋的贝壳币。

一个比我虚构了生活更荒诞的念头浮现出来：此时此刻，我所经历的也未必是真实。也许不可思议的幻境和千奇百怪的精怪是真实的，而眼前这个人试图让我相信的，才是一派胡言。

也许我并没有真正从西直门站登上回家的地铁，自从跃进深流，我就走进了重重迷雾。这迷局中唯一的意外因素是章添的出现，他好心给我的贝壳币，成了真实世界的证据。

"我们这是在哪儿？你的脑袋里，我的脑袋里，还是什么类似盗梦空间或者源代码一类的把戏？"我问他。

"啧啧，有趣。"医生饶有兴致地打量着我，"大多数人一旦上车，就再也搞不清自己身在何处了，这趟车这么快，挤上来的人多，能下去的少之又少。"

我眼前浮现出灰猫中秋之夜出现在窗台上的情景。一轮明月映照之下，一个毛茸茸的身体傲然挺立，椭圆形的宽脸上竖着两只三角形的尖耳朵，尾巴高高举在身后。我从来没有养过动物，如果灰猫是我的想象，我不会知道抚过猫爪的触感。

　　"这不是我的车。"我说。

　　"哦？那你想去哪儿呢？"他问。

　　"回到我的世界去。"

　　"那可有风险啊。"他看着我手里的贝壳，"万一，这东西也是你出了毛病的脑袋想出来的呢？离开这趟幸福专列，你就只能回到那个孤单、失败、凌乱、阴冷的世界了，大冬天的连热水都时断时续。"

　　"话是这么说，不过，有一点不太准确。"

　　医生茫然地眨了眨眼睛。

　　"我会修热水器了。"

　　试电笔在水流中打出的火花闪现眼前。即使关于徐栖的一切都只存在于脑海之中，我也已经在虚构的世界里和他翻新过一处旧屋，边看网络视频边学会了刷墙、铺木地板、安装电灯和热水器。我曾经失败过，也许以后还会失败，我知道孤单是怎么一回事，因此

300

也不像过去那么害怕孤单。

"那才是我的世界，医生。"列车呼啸着，我扶着栏杆站到了车门边，失去的热量缓慢地流回四肢。

在我跃入深流之前，信使曾叮嘱我"别相信他说的任何一句话"，直到此刻我才终于明白这一夜的错综复杂。"鲸奇之旅"果然比想象的还要可怕。

"你到底是谁？"

他换回饶有兴致的神情，露出一个意味深长的笑容："我没有那么坏，也没有那么好。我是机会，也是悬崖，既是死路，也是生门。我是空气、水、生物、建筑、交通、历史、新闻，我是所有人和所有人。我是你生活的这个城市的精魂。"

列车转过弯道，车厢里的光线不再闪烁，轨道发出破风之音。他的身影消失在雾气之中，远近传来他的回声。

"后会有期，年轻人。"

三

头脑混沌，四肢疲乏。好像在一张单人硬板床上睡了个极不舒服的觉，浑身难受。我闭着眼睛想要拉过被子，一伸手什么也没摸到，侧身想把自己埋进枕头，脸却贴在了冰冷的钢铁上。睁开眼睛，晨光熹微，不远处是一群摩天大楼的楼顶，我认出了国贸三期八十八层的旋转餐厅，和我的视线正好水平。

八十八层，和视线水平。我一个激灵坐了起来，身下床板一阵摇晃。我慌忙抓稳，往前看，浮云白日近在眼前，往下看，CBD尽收眼底。我躺在一块由铁索吊起的一米宽、数米长的钢板上，高悬半空之中。吊着钢板的起重吊车静立在一旁尚未竣工的摩天大楼的楼顶工地，十多米长的吊臂远远伸向楼外。如果我在睡梦中多翻几个身，大概早已从三百多米的高空掉了下去。

一阵风嗖嗖吹过，手心里密密地起了一层汗。上不着天下不着地，离我最近的只有十多米外的楼顶工地，此刻天色尚早，工地上还没有工人。

一只黑色的飞鸟轻盈地落在钢材的另一头，与我遥遥相望。

"信使？"

飞鸟一跳一跳地向我靠近，纤细的小腿每次落下，

302

钢板就微微一震。不得不承认，她的举手投足向来令我惊心动魄，此刻尤其。

我望向下方的楼群和街道，清晨的城市刚刚醒来，街巷空旷，道路舒展。习惯了晚睡晚起，这是我长久以来第一次清醒着迎来黎明。

钢材那头猛地一沉，铁索吱嘎作响，我连忙收回目光。飞鸟不见了，信使侧坐在钢板尽头，像往常一样身穿黑色风雨衣，唇色鲜艳。她双手往身后一撑，两条长腿悬在空中，活泼地一晃一晃。

"找了你好一阵，原来在这儿。"

一晃。

"我也挺喜欢这儿，没事的时候常来。"

又一晃。

"你怎么了？脸色不太好。"

她的双腿再一晃，连带着钢板在空中转了小半圈。我大气不敢喘，恨不得能把自己铸在钢板上。

"噢，你是不是……那种病叫什么来着……"信使停下双腿想了想，"恐高？"

我喘上一口气，连忙点头。

"真是难以理解。"她困惑地说。

我的记忆还停留在深夜的地下铁，忽然发现置身于清晨的高空，不禁再次怀疑现实的真实性。我不知道这是不是另一重梦境。毕竟，半空中的信使比平时要活泼多了，连说话的字数都多了好几倍。

　　"你……是真的吧？"我小心地问。

　　她一愣，敏捷地收回双腿，向我探身过来，钢板一阵猛荡，我连忙抓紧了铁索。她摸了摸我的额头，说："你的脑子被北先生吓坏啦！没事儿，撞见他的人多少有点儿后遗症，过一阵子就好了。实在不行，一会儿给你找个医生。"

　　一听医生两个字，我差点儿直接掉下去。天地良心，这辈子我都不想再见到什么医生了。

　　"到底是怎么回事？"

　　"昨晚你下水之后，不久就起了雾。谁也不知道你去了哪里。他们说你真遇上了北先生，十有八九回不来，于是我们喝酒猜拳下注，玩了一整夜。"她说。

　　"你们猜到我遇到危险，结果玩了一整夜？"我气不打一处来，要不是身在半空不敢松手，一定要拍案而起，理论一番。

　　"危险倒不会，飞虎以前也碰到过北先生。"

"它也碰到过那个医生？"

"它碰到的是个健身教练，被迫做了几个钟头仰卧起坐。北先生很爱捉弄人，你怕什么，他就给你来什么，你知道的。"

"我当然知道！我简直被他吓死了！"

一阵风吹过，我刚挺直的腰背立刻软了下去，紧抱铁索半趴在钢板上。

"不管怎么样，你还是赢了今年的大奖，奖品可真不小。"

"多少钱？"

"才不是钱，是酒店的总统套房。"

这倒不错，我现在最想做的事就是在高级酒店的房间里睡上一整天。

"总之，浴缸很大，夜景超好，床也很软，真是太棒了。"信使愉快地说，"不过徐栖不太喜欢，因为客房服务不提供睡前豆奶。"

"等等，你们已经去过了？"我不可置信地提高了声音。

"是啊，使用期就是昨晚。"

"你们……你和……"

"我和徐栖、飞虎、老汪、老罗、阿泰……总之就是警队那些人，打了一夜牌。老汪打不过，被飞虎贴了一脸纸条，你真该看看，哈哈。"她欢快地笑起来，"到早上你还没回，徐栖惦记着找你，用手机定位一查，才发现你就在附近。不过他们都没想到你能爬这么高，所以又找了好一阵。说说，你昨晚怎么过的？"

我只不过在河里游了半宿泳，又坐了一趟通宵地铁，好不容易逃离魔爪，结果大清早的发现自己悬在三百多米高的空中。

"咱们下去吧。"信使轻盈地站起身来，张开双臂就要往下跳。

"等会儿，"我赶紧拉住她的衣摆，"我怎么办？"

"噢，你不用担心，老汪他们早就准备好垫子了。"她指指地面，"你注意准星，别跳偏了。"

我低头一看，心中一凉。隔着几百米的高度，能看到地上有几个模糊的人影就不错了，连茶杯垫那么大的气垫都没看到。

"你是不是又不敢跳？"

"当然……不不，你别推我，行行好。"我心里发苦，估计脸已经白了。

"果然被我猜中了。这是我们今早打赌的内容之一。"她又笑了起来,"我让徐栖去吊车驾驶室了,放心吧。"

我往楼顶工地望去,一个穿着套头毛衫、灯芯绒裤子的身影爬进了一台大吊车的控制室。我心中一松,几乎热泪盈眶。他向我挥挥手,喊了句什么,隔得有点远,我没听到。

再次见到这个家伙真是太好了。哪怕我只是待着不动,他也能用各种法子把我安全地弄回地面。

驾驶室里的徐栖摸索一阵,似乎找对了什么按钮,他的声音很快从扩音器里传了出来。

"我们昨晚很开心!"

"我知道!"

"现在我把你弄下来!"

"好!"

"你要相信我!"

"我信!快点儿!"

话音未落,吊臂突然一震,拴住钢材的铁索哗哗铰动,钢板像滑梯一样快速倾斜。信使双翅一展翱翔天际,我还没来得及惊恐,便像秤砣一样直坠地面。

风声灌进耳朵，在心脏失重的可怕体验中，我先是大脑失灵呆了几秒，继而大叫起来，接着吓得喊不出声，紧接着又大叫起来。如此反复数次，时间已经过了一百年，我竟然还没落地。

原来从三百米高的地方掉下来，要掉这么久！

"注意注意，对准目标，对准目标，我们这次要软着陆，再强调一遍，软着陆——"

一个沉着冷静的嗓音从上方传来，我感到身形一滞，陷入了一片柔软的缓冲地区。紧接着，不徐不疾，下坠的势头恰到好处地停了下来，我发现自己躺在一团厚实、温暖、柔和的白云之中。

是展开到最大的暖和云。

我睁开眼睛，信使展开羽翼盘旋在正上方，两只脚爪抓着一只灰色的大毛球。毛球毛茸茸的宽脸上架着一副防风墨镜，一只手拎着一个小药箱，另一只手里握着对讲机。

"着陆成功，着陆成功，行了行了，都散了吧。"灰猫不耐烦地把对讲机一扔，"听说有人后遗症了？要不要抢救一下？"

信使爪子一松，十多斤重的胖子砰的一声砸在我胸口，我的身体当即往上一弹。

"很好，心肺复苏成功。"

灰猫摘下墨镜，一张大脸凑到我面前看来看去，绒毛胡子一大把，蹭个没完。我忍不住打了个喷嚏。

"好极了，呼吸道一切正常。"

接着，四条腿踏着我的肋骨仔细踩了几圈，毛茸茸的肉垫在我的肚子上左按按、右摁摁。

"内脏也没什么问题。还剩最后一项，我来听听心音。"

它双手平伸，稳稳地趴在我身上，侧过头去将一只尖耳朵贴近我心脏的位置，两只桂圆般的大眼睛一眨不眨，三瓣嘴看起来认真极了。

暖和云飘浮在空中，天色明亮，晨光和煦，马路上的市声渐渐响了起来。新的一天开始了，新的一年也开始了。虽然好不到哪儿去，但又有那么一点点令人期待。

"心音不太妙，心脏有点儿损伤。用你们的话来说叫做——伤心。咦？"

灰猫凑到我跟前，两只眼睛正对我的眼睛，脸上显出惊奇的神情。

"三流编剧，你的脸怎么湿了？"

一只柔软粗糙的肉垫按在了我的额头上："没准备爽身粉，也不知道对成年人类是不是有用——好啦好啦，不哭。"

我们降落在地面，大家热烈地围过来问我昨晚的经历。听说我真的见到了北先生，连罗警官都夸张地吹起了口哨。不过，不管他们怎么问，我只说坐了一夜环线地铁，别的什么也不肯透露。汪队长好心地给我解了围，他背后还贴着几张纸条，兀自浑然不觉。我也就好心地没有告诉他。

和大部队道别之后，我打量了徐栖几眼。他背着那只巨大的挎包，头发仍旧乱糟糟的像只鸟窝。

"喂，你电话号码多少？"

"你不是有吗？"他疑惑地报出一串数字。

"还是记下来保险。"我问，"酒店怎么样？"

"不太行，早餐里也没有豆奶。"他的两条毛毛虫眉毛委屈地蠕动着。

好吧，这种奇特的家伙怎么也不像是我这种性格开朗、前途光明的有志青年编出来的。

"人家是豪华酒店，怎么会有豆奶这种小儿科的东西。"我说。

酒店旁边的小巷口，倒是有一个卖豆浆油条和鸡蛋灌饼的早点摊正冒着热气。立交桥旁的液晶显示牌上用加粗的字体写着"1月1日，新年快乐"的标语。

"现在是新的一年了吗？"

"算是吧。"

"真是糟透了。"我随口感叹，感到浑身轻松。

"那可不。"他认真地点点头。

灰猫跳上他的肩膀，我们向早点摊走去。鸡蛋饼的香气令全身的细胞都活了过来，我从没有这么胃口大开过。徐栖也差不多。我们饥肠辘辘地吞下两个灌饼、两杯豆浆、两碗紫米粥、一笼汤包、两个煎蛋、两个茶叶蛋，最后还要了一碗豆花。我好像把整个早餐车都吞了下去，浑身充满了战胜一切的勇气。

不是尾声

信封墨绿，信纸淡绿。有沼泽地的湿润触感。

对弈者让徐栖转交灰猫的信上只有一句话：

我找到你的毛线了。

图书在版编目（CIP）数据

　　朝阳南路精怪笔记．灰猫事务所 / 康夫著 ． —— 海口：
南海出版公司，2024.4
　　ISBN 978-7-5735-0881-2

　　Ⅰ．①朝… Ⅱ．①康… Ⅲ．①幻想小说–中国–当代
Ⅳ．① I247.5

　　中国国家版本馆 CIP 数据核字 (2024) 第 057110 号

朝阳南路精怪笔记：灰猫事务所

康夫 著

出　　版	南海出版公司　　(0898)66568511	
	海口市海秀中路51号星华大厦五楼　　邮编 570206	
发　　行	新经典发行有限公司	
	电话(010)68423599　　邮箱 editor@readinglife.com	
经　　销	新华书店	

责任编辑　侯明明
特邀编辑　杨　奕　王心谨
营销编辑　杨美德
装帧设计　韩　笑
内文制作　张　典

印　　刷　山东韵杰文化科技有限公司
开　　本　787毫米×1092毫米　1/32
印　　张　10
字　　数　148千
版　　次　2024年4月第1版
印　　次　2024年4月第1次印刷
书　　号　ISBN 978-7-5735-0881-2
定　　价　49.00元